issue 01

이지은

봉비방을 펴내며

Bonvivant \bɔ̃ vi.vã\ personne d'humeur joviale qui apprécie les plaisirs de la vie

프랑스어로 '봉비방'은 좋아하는 것들을 소중히 여기며 삶의 즐거움을 찾아 누리는 사람이라는 뜻입니다. 하얗고 빳빳한 시트와 발가락에 닿는 따스한 햇볕과 한여름의 매미 소리와 소나무 냄새, 코끝이 찡해지는 겨울에 몸을 데워주는 향기로운 뱅쇼, 저절로 박수가 나올 정도로 감격했던 좋은 전시, 여행지에서 우연히 발견한 묘비와 그곳의 공기… 제가 좋아하는 이 모든 것들을 기록하고 공유하고 싶어 온라인 구독 서비스인 '봉비방'을 시작했습니다. 저 혼자 글을 쓰고 사진을 찍어서 만들기 때문에 어쩔 수 없이 시즌제가 된 봉비방은 3개월을 한 시즌으로 매주 수요일에 발행됩니다.

2023년 9월 6일 시즌1의 첫 호를 시작으로 시즌 1, 2, 3을 거치면서 어느새 36호의 봉비방이 모였습니다. 구독자분들과 함께 달려온 지난 일 년, '봉비방'의 생일을 어떻게 축하할까 하다가 유난히 기억에 남는 이야기들을 모아 '봉비방' 일주년 기념호를 만들게 되었습니다.

'봉비방'다운 삶이란 어떤 것일까. 색색으로 빛나는 36호의 커버들을 가만히 들여다보면서 제 자신에게 여러 번 되물어봅니다. '봉비방'다운 삶이란 그저 늘 행복하기만 한 삶이 아니라 거울 조각처럼 반짝이는 순간들을 소중하게 채집하는 삶이라고 생각합니다. 파도처럼 끊임없이 밀려오는 슬픔과 좌절, 욕망과 번민, 짜증과 힘겨움 속에서도 잠시 빙그레 웃을 수 있었던 순간들을 기억하는 것입니다.

그렇게 하루하루를 지내다 보면 언젠가는 삶의 서랍이 꽉 차는 순간이 오겠죠. 사금을 걸러내듯 인생이라는 체 위에 남아 있는 보석들을 물끄러미 들여다볼 시간들이요. 그러면 잘 부푼 빵 반죽처럼 서서히 차오르며 반짝이는 마음에 주름진 손을 얹고 말할 겁니다. 살아 있어 다행이야. 참 좋은 삶이었어.

2024년 8월

이지은

차례

Bon voyage

Exposition ce mois ci   이달의 전시

프랑스의 삶

이달 프랑스인의 삶에는
어떤 일이 벌어질까요?
프랑스인들의 생활
달력을 보여드립니다.

Une vie française

프랑스의 삶

youna·L

초대의 묘미

'안전 벨트를 매세요. 출발합니다.'

이제 막 출발 안내 방송을 들은 것 같은데 정신 차려보니 하차할 때가 된 롤러코스터처럼 1월이 지났다. 더 기가 막힌 것은 이제 막 2월이 시작되었을 뿐인데 벌써 주말 약속이 빽빽하게 잡혀 있다는 거다. 첫째 주 주말에는 부르고뉴의 릴리안 집에서 저녁 초대, 그다음 주에는 우리집에서 저녁 식사, 마지막 주에는 감자탕 나이트….

초대를 좋아하는 남편은 희희낙락이다. 결혼 전에 혼자 살 때부터 그는 타르트를 굽고 냄비 한가득 쿠스쿠스를 만들어 친구들을 불러 모았다. 친구들 사이에서 남편의 집은 '호텔 요요'(요요는 친구들이 붙여준 남편의 애칭이다)로 통했는데 식사는 물론 숙박도 제공했기 때문에 붙여진 별명이었다. 평생 노총각으로 늙을 줄 알았던 남편이 극적으로 결혼을 선언했을 때 친구들은 혹시나 '호텔 요요'가 문을 닫지 않을까 걱정하는 기색이었다. 그러나 우리는 여덟 명이 동시에 앉을 수 있는 테이블을 샀고 부지런히 친구들을 초대했다.

프랑스인에게 친구란 다름 아닌 서로를 집으로 초대하는 사이다. 아무리 식당에서 밥을 백 번 사도 집으로 초대받아야만 진정한 관계가 시작된다고 여긴다.

파리의 아파트는 입구에 도어록이 달려 있는데 진정한 친구 사이라면 의당 서로의 집 비밀번호를 알고 있다. 이 비밀번호는 우정의 상징이나 마찬가지니 잊지 않도록 어딘가에 꼭 적어두어야 한다.

프랑스에서 다이어리나 전화번호부를 사면 주소 아래 비밀번호를 적는 칸이 따로 있는 것은 그래서다. 재미있는 건 그 비밀번호가 일 년에 한 번 바뀐다는 점이다. 덕분에 새 비밀번호를 알려주지 않음으로써 자연스럽게 인간관계를 정리하는 지극히 프랑스적인 사태도 종종 생긴다.

어느 나라나 그렇듯 이 나라에도 모두들 알고 있지만 어디에도 명시되어 있지 않은 암묵적인 룰이 있다. 관례나 예의라고 부를 수 있는 이 룰은 직접 부딪혀보지 않으면 알 수 없다. 외국인으로서는 참 곤란한 노릇이다.

프랑스식 초대의 첫 번째 룰은 주고받기다. 어느 나라나 그렇듯 초대는 일종의 사회적인 탁구라고 할 수 있다. 테이블을 건너오는 공을 탁탁 되돌려주는 탁구처럼 초대는 주고받아야 한다. 별 생각 없이 친구를 부르는 줄 알았던 남편이 알고 보니 속으로 누구 차례인가를 셈하고 있었다는 걸 발견하고 깜짝 놀란 적이 있다. 느슨하긴 하지만 한 번 초대받으면 나도 한 번 초대해야 하니 순서를 기억해둘 필요가 있었던 것이다.

특히 외국인을 난감하게 만드는 것은 가장 프랑스적인 초대 관례라 할 수 있는 시간이다. 호스트의 말을 액면 그대로 믿고 정시에 도착했다가는 다소 당황한 듯한 집주인의 얼굴을 만나게 될지도 모른다. 10분이나 20분쯤 늦는 것이 관례다. 그렇다면 아예 20분쯤 늦게 약속 시간을 정하면 될 텐데 아무도 그렇게 하지 않는다. 예의를 지키기 위해 시계를 노려보면서 남의 집 주변을 서성인 게 몇 번이나 되는지 모르겠다.

알고 보니 주변의 프랑스인들도 다들 그렇게 하고 있었다. 심지어 서로 모르는 초대객들끼리 문 앞에서 만나 인사를 나누며 함께 기다리는 일도 왕왕 벌어진다. 격의 없는 친구라면 정시에 도착하는 게 큰 문제가 되지 않지만 그래도 조금 늦는 것은 늘 환영받는 자세다.

지방마다 조금씩 시간이 달라지는 것도 재미있다. 독일 쪽에 가까울수록 저녁 시간이 이르다. 이를테면 스트라스부르에서는 7시면 저녁 식탁에 앉지만 남프랑스에서는 9시는 되어야 한다. 파리의 저녁 식사는 대체로 8시에서 9시 사이다. 그렇지만 이 암묵적인 룰이 유럽의 다른 나라에서도 통하는지는 잘 모르겠다. 기껏 해야 좁은 해협 너머의 영국도 프랑스와는 전혀 다르다.

영국인의 저녁 초대에 참석해보고 깜짝 놀랐던 것은 집 구경을 시켜주지 않는다는 거였다. 프랑스인과 영국인이 사이가 좋지 않은 데는 다 이유가 있다! 알고 보니 영국에서는 아무리 친한 친구라 해도 침실을 보여주지 않는다고 한다. 프랑스에서는 집주인이 단체 관광객을 인솔하듯 침실부터 창고까지 다 구경시켜준다!

초대라고 하면 다들 반사적으로 음식을 떠올리지만 나는 음식에 대해서는 그다지 고민하지 않는 편이다. 어쨌거나 초대받은 집 식탁에서 음식에 대해 까탈스럽게 구는 사람은 볼 수 없으니까. 대부분의 프랑스인들은 초대받은 집의 음식이 맛이 없다면 그냥 아무 말도 하지 않는다. 어떻게든 칭찬거리를 찾아 감탄사를 터트리는 미국인들과는 전혀 다르다. 그래서 프랑스인들은 유독 미국인들에게 거부감을 느끼는지도 모른다. 속이 안 좋다거나 몸이 불편하다는 핑계를 대고 잔뜩 남기거나 두 번 먹는 것을 거절하는 것은 정말로 못 먹어주겠다는 뜻이다. 어쨌거나 전부 밖에서 사서 차려도 상관없을 만큼 초대에서 음식은 조연일 뿐이다.

친구들 사이에서 인기가 많아 늘 저녁 일정이 꽉 차 있는 소피는 누군가를 초대할 때마다 새로운 음식에 도전하는 몹쓸 병을 가지고 있다. 누구나 알겠지만 잘해야 한다는 스트레스를 받을수록 실패할 확률은 쑥쑥 올라간다. 자연히 그녀의 저녁 초대는 늘 같은 장면으로 시작된다. 폭탄 맞은 주방에서 허리에 손을 대고 심란한 눈으로 냄비를 내려다보는 소피. 남편과 나는 '아이고, 이번엔 또 뭘 했기에'라는 눈빛을 교환한다.

그렇지만 수없이 망친 그 음식들 때문에 그녀의 저녁 초대는 늘 기억에 남는다. 예의를 지키느라 음식에 대해서는 아무 말도 하지 않다가 도저히 참지 못한 누군가가 슬쩍 입을 뗀다. 다들 기다렸다는 듯 나도 망쳐본 적 있어라는 고백부터 도대체 무슨 레시피를 본 거냐는 비아냥 섞인 농담까지 와자지껄 웃고 떠든다.

우리가 좋아하는 친구 소피는 망칠 가능성에도 불구하고 늘 새로운 요리를 시도하는 그런 사람인 거다. 초대의 묘미는 맛있는 음식이나 예쁜 테이블 세팅에 있지 않다. 있는 그대로의 나를 보여주고자 하는 마음에 있다. 집으로 누군가를 부르는 것은 가장 편안한 나, 나의 공간에 스며든 나의 습관과 일상, 나의 오늘과 어제를 솔직하게 내보이는 일이니까.

남편과 결혼한 후 우리 집에서는 샤브샤브 데이와 감자탕 나이트가 생겼다. 나를 만나기 전까지 단 한 번도 한국 음식을 먹어본 적이 없었던 친구들에게 저녁 초대상에 올라온 샤브샤브와 감자탕은 모험이었다. 하지만 이제는 찬 바람이 불면 올해의 샤브샤브 데이와 감자탕 나이트가 예년보다 늦는 것 같다는 볼멘소리가 들려온다. 샤브샤브와 감자탕이 세상에 없는 진미라서 그런 걸까. 그건 아닐 것이다.

'봉주르'도 하지 못했던 내가 이 나라에서 내 힘으로 사귄 소중한 친구들 그리고 내 손으로 우리나라의 음식을 차려 부르는 초대. 그렇게 나는 제피를 듬뿍 넣어 얼얼한 감자탕과 김치 만두와 배추가 꼭 들어가는 샤브샤브로 나를 보여준다. 거실에 꽂혀 있는 한국어 책들과 부엌에 놓여 있는 한국 요리 양념들, 그게 바로 나니까. 그리고 내 친구들이라면 그런 나를 아껴줄 거라 믿으니까.

LA VIE EN TERRASSE

Youna.L

테라스의 삶

파리의 봄은 변덕스럽다. 이마에 눅진하게 땀이 배도록 덥다가 곧이어 우박이 우르르 쏟아지고 비가 내렸다 개기를 반복한다. 쉽사리 잠들지 못하는 아이처럼 칭얼거리는 날씨라고나 할까. 하루에 일 년의 날씨를 모두 체험할 수 있는 바람에 하루 만에 일 년쯤은 더 늙어버릴 것 같은 봄이다.

그럼에도 파리지엔들은 굴하지 않는다. 동네 카페와 식당들은 4월 초부터 일제히 테라스를 연다. 겨울 외투를 입어야 할 만큼 추운데도 말이다. 사람은커녕 참새 한 마리 없는 테라스는 해가 조금이라도 났다 하면 순식간에 손님들로 채워진다. 집에서 바깥 날씨만 보고 있는 것도 아닐 텐데 다들 민첩하기 그지없다.

훌훌 셔츠를 벗어 안에 입은 민소매를 드러내고 가방에 상비해둔 선글라스를 꺼내 코에 착 올린다. 해를 맞이하는 자세만큼은 진지하기 이를 데 없다. 하긴 입김이 펄펄 나오는 겨울밤에도 기어이 테라스에 앉아 와인 잔을 들어 올리는 이들이 아닌가.

테라스의 난방을 금지하는 법안이 통과된 2022년 이후 머리통을 뜨끈하게 덥혀주던 가스 난방기는 종적을 감췄지만 담요를

덮어쓰고서라도 기어이 테라스를 사수한다. 기후 변화로 인해 장대비가 자주 내리는 파리의 여름, 차양을 뚫어버릴 듯 쏟아지는 비에 양말이 다 젖어도 테라스는 영원한 일등석이다.

'노천 카페'라는 낭만적 이미지를 갖고 있지만 세상 모든 일이 그러하듯 테라스의 실상은 좀 다르다. 식당과 카페 운영자에게 테라스는 뜨거운 감자다. 파리에서 테라스를 운영하려면 우선 파리 시의 허가를 받아야 한다. 파리 시청의 홈페이지에 게시된 공고문에 따르면 허가를 받는 데는 두 달에서 다섯 달이 걸린다고 한다. 하지만 허가를 받을 수만 있다면 그나마 천만다행이다.

인도를 침범하지 않는지, 이웃에 불편을 끼치지는 않는지, 미관은 또 어떤지 모든 세세한 규정을 지켜야 하는 것도 모자라 불심 검문까지 나온다.

사실 파리는 두 사람이 나란히 걸어갈 수 없을 정도로 좁은 인도가 많은 데다 모든 건물이 촘촘히 붙어 있다. 원칙만 따지고 보면 테라스 허가가 나온다는 게 기적일 정도다. 다들 손님으로 테라스에 앉는 건 좋아하지만 내 집 아래에 테라스가 들어서는 건 결사 반대다. 신고와 투서, 이웃 간의 암투와 뒷돈, 상인 사이의 다툼, 테라스를 둘러싼 이야기는 도시 괴담급이다.

우리나라와는 테라스를 대하는 감각에도 차이가 있다. 언젠가 파리에 온 엄마는 노천 카페에 앉아 커피를 마시는 로망을 실현하기 위해 밀짚 모자까지 준비했다. 그렇지만 "여기는 그냥 길바닥이잖아"를 외치면서 십 분 만에 철수해야 했다.

우리나라는 보도와 분리된 난간을 달고 나무 패널을 깔거나 화분을 놓아 정성껏 테라스를 꾸미는 반면, 파리는 차양 아래 놓인 테이블과 의자가 테라스의 전부인 곳이 태반이다. 심지어 테라스에 앉아 재떨이를 달라고 하면 의아하다는 듯 눈썹을 치켜 올리는 서버도 있다. 그냥 길바닥에 버리면 될 일이라는 거다. 게다가 서버의 눈에 잘 띄지 않는 테라스 구석에 자리를 잡았다면 음료를 주문하는 데도 애를 먹는다. 참다 못해 체면을 구겨가며 손이라도 흔들라치면 미안해하기는커녕 기다리라는 퉁명스러운 면박이 날아든다.

먼지가 고스란히 커피 잔 위로 내려앉는 거리 한복판에 사방에서 담배 연기가 몰려온다. 다리 사이를 쉼 없이 오가는 비둘기와 길거리에서 막무가내로 돈을 요구하는 깡패처럼 뻔뻔한 참새는 쫓아도 쫓아도 쉽사리 물러가지 않는다. 그뿐인가. 일부 관광지에서는 테이블 위에 놓아둔 휴대폰을 냅다 채가는 일도 왕왕 벌어진다. 시몬 드 보부아르와 장 폴 사르트르가 토론을 벌였다는 카페 드 플로르라고? 인스타그램에서 많이 본 초록색 테라스 앞에는 공항에서나 볼 법한 줄이 길게 늘어서 있다. 영화에서 보던 노천 카페는 어디에 있는 거지? 낭만과 여유는?

비록 현실과 완벽하게 들어맞지 않을지라도 테라스에서 커피를 마시며 해를 쬐는 파리지엔의 여유로운 이미지는 층층이 레이어가 쌓인 역사에서 비롯되었다. 1852년, 파리 지사였던 조르주 외젠 오스만 남작이 오래된 파리의 건물을 허물어 신작로를 내면서 파리는 공사판의 뿌연 먼지 속에 휩싸였다. 변화하는 도시의 모습을 지켜보기 위해 사람들이 새로 만들어진 번듯한 대로의 테라스로 몰려들었다. 오스만 남작이 그려낸 새 도시 파리, 날 선 듯 눈부신 근대의 도시 풍경을 구경하기 위해서였다.

일렬로 도열한 오스만 스타일의 건물들, 회색빛 아연판으로 마감한 지붕, 늘씬한 가로등, 초록 벤치, 근엄한 대리석 조각상이 달린 분수, 따스한 노란빛 마카담Macadam 도로, 공연 포스터가 빙 빙 돌아가는 모리스의 광고판….

"4년 전의 파리를 본 사람이 지금 파리에 온다면 같은 도시에 와 있는 게 맞는지 또 그들 자신이 4년 전과 같은 사람인지조차 의 심할 것이다."

카페 앙글레의 테라스에서 19세기 프랑스 역사가이자 소설가인 프로스페르 메리메는 대도시 파리의 탄생을 지켜보며 탄성을 터뜨렸다. 그리고 동시에 자기 자신도 테라스 너머의 삶, 그 풍경의 일부가 되기를 꿈꾸었다. 마차가 대로를 가로지르고 여인들이 드레스를 뽐내며 산책하던 시절, 테라스에 앉아 모던 라이프의 탄생을 감상하던 기억 때문일까? 전화기 대신 휴대폰이, 편지 대신 이메일이 등장하고 인공 지능을 외치는 요즘에도 테라스의 의자들은 여전히 거리를 향해 나란히 놓여 있다. 수많은 변화에도 테라스에서 누릴 수 있는 본질적인 기쁨은 여전하다는 뜻이다.

헤밍웨이, 보부아르, 사르트르, 카뮈, 자코메티, 피카소…. 파리라는 도시를 전설로 만드는 데 일조한 이들은 테라스에 앉아 삶이 지나가는 풍경을 감상하며 시간을 흘려보냈다. 테라스는 거리라는 무대를 바라보기 위한 최적의 장소다.

bon vivant

Une vie française

분홍색 꽃을 단 마로니에, 아이 손을 잡고 걸어가는 엄마, 자전거를 탄 청년, 날씨와 시간에 따라 미묘하게 색깔이 달라지는 보도, 저공비행 중인 비둘기⋯. 마치 영화처럼 이 모든 풍경들이 눈앞에 펼쳐진다.

단 한순간도 똑같지 않은 소리와 냄새와 색깔이 내 안으로 스며든다. 테라스에서는 아무것도 하지 않아도 좋다. 그저 눈만 뜨고 있으면 된다. 그렇게 나는 양지 바른 곳에 누워 느긋하게 해를 쬐는 고양이가 된다.

bon vivant

Une vie française

1월의 블루

"내일부터 출근이야."

어깨를 잔뜩 움츠리고 내 쪽을 보고 있는 남편의 눈동자가 애니메이션 〈슈렉〉의 장화 신은 고양이 같다. 괜스레 안스러워 어깨를 토닥여준다. 아아, 드디어 연말 바캉스가 끝났구나. 크리스마스 이브부터 새해까지 업무를 보지 않는 회사들이 많은 데다 아이들의 크리스마스 방학이 겹치는 12월 말은 프랑스 전 국민의 강제 바캉스 기간이다.

하지만 푸아그라와 굴, 샴페인이 흐르는 만찬, 트리 아래 놓인 크리스마스 선물을 뜯어보는 아이들의 환한 웃음, 불꽃놀이를 보며 카운트다운을 외치는 설렘은 끝났다. 이제는 현실에 착륙해야 할 시간이다. 비행에서 가장 어려운 단계는 착륙이라고 한다. 그래서일까. 리모컨과 축구 중계만 있으면 그럭저럭 행복한 남편도 의기소침하게 만들 만큼 프랑스에서 1월은 공식적인 '우울의 달'이다.

일 년 중 가장 우울한 날이라는 무시무시한 1월 셋째 주 월요일, 일명 블루 먼데이(올해는 1월 15일이다)가 다가오면 사방에서

ROYAL
BAR

CAFE ● THE

R.B

19

ROYAL BAR

CAFÉ·EXTRA

CHOCOLAT

LAIT

APÉ

BIERES - VINS
Alcools

CAPPUCCINO

CHOCOLAT

ROYAL
BAR

앓는 소리가 들려온다. 실제로 통계에 의하면 이날은 일 년 중 병가가 가장 많은 날이라고 한다. 갑자기 프랑스 겨울을 지배하는 세 가지 전염병인 감기, 독감, 장염 환자가 폭증한다. 심리 상담부터 온갖 테라피에는 예약이 넘쳐나고 신문과 잡지에는 1월의 우울을 극복하기 위한 극약 처방이 대문짝만 하게 실린다.

왜 '희망찬 새해'가 이 모양일까. 누구나 수긍할 수 있으면서 가장 손쉽게 납득할 수 있는 이유는 날씨다! 기온은 낮지만 건조하고 해가 나는 날이 많은 우리나라와 비교하면 프랑스의 겨울은 정반대다. 하늘은 늘 기러기 솜털 같은 회색 구름으로 덮여 있다. 아침부터 어둑어둑해서 하루 종일 불을 켜야 하는 날들이 이어진다. 게다가 장막을 드리운 것처럼 가는 비가 추적추적 내린다.

1월 6일쯤 되면 거리에 하나둘 버려진 트리가 나타나는데 비를 맞고 선 트리는 세상에서 제일 외롭고 처량해 보인다. 우리나라는 영하로 내려가는 날이 많아서인지, 한국인들은 늘 10도 언저리를 맴도는 유럽의 겨울을 우습게 보는 경향이 있다. 그 정도면 패딩이 필요 없겠네! 코웃음을 친다. 하지만 냉기를 머금은 습기는 뼈에 스민다. 분명 그다지 춥지 않은데도 몸이 으슬으슬 떨리고 콧물이 쉴 새 없이 난다. 식탁에서 코를 풀어도 괜찮은 프랑스식 에티켓은 분명히 코를 풀지 않으면 안 되는 겨울을 위해서 만들어졌을 거다.

이 기간의 필수품인 고용량 비타민 D를 삼켜가며 케이크를 굽는다. 최대한 안온하고 따뜻하게 보내기 위해 포근한 실내화를 신는다. 불행 중 다행이라면 온난화 덕분에 올 겨울은 포근한 편이라는 것. 어처구니 없는 일이지만 '그럼에도 불구하고' 좋은 일은 분명히 있다.

"5월에는 쉬는 날이 많아."

엄청난 거구임에도 작은 새 같은 목소리를 가진 친구 루디는 가뜩이나 가녀린 목소리를 모아모아 비밀이라도 이야기하듯 속삭였다. 그는 어두운 마음에 한줄기 빛을 더하기 위해 진작부터 달력을 펴고 휴가 기간과 공휴일에 희망의 동그라미를 쳤다.

작년 9월의 봉비방에서 이야기한 적이 있지만 프랑스에서 일 년은 실질적으로 9월에 시작된다. 그러니 새해라는 이름을 붙이고 있지만 1월은 9월에 시작해 6월에 끝나는 한 해의 중간이다. 마라톤으로 치자면 이제야 본격적으로 지구력을 발휘해야 할 지리한 코스에 들어선 셈이다. 그러니 바캉스에 대한 상상은 그 어느 때보다 절실하다.

올해는 작년에 가지 못한 나미비아를 가보겠다고 벼르고 있는 나 역시 언제쯤이 좋을까 하고 달력을 노려본다. 공휴일이 무려 4일이나 되는 5월에는 영국 코츠월드를 한 바퀴 둘러보고 싶다. 예쁜 꽃으로 가득한 정원을 구경하고 맛있는 스콘에 밀크티를 마실 생각을 하면 마음이 솜사탕 같아진다. 엘리자베스 여왕처럼 실크 머플러를 머리에 쓰고 시골길을 드라이브하다가 소박한 정취가 배어 있는 펍에 들러 맥주를 마시고… 로드 트립을 위해 엘리자베스 여왕님 같은 카디건과 머플러를 찾아봐야겠다.

자본주의 사회에서 우울증을 치료하는 단기간의 특효약은 쇼핑이다. 공식적인 겨울 세일은 1월 10일부터지만 크리스마스가 지나기 무섭게 방트 프리베^{vente privée}가 시작된다. 고객을 위한 사은 세일로 출발한 방트 프리베는 실질적인 세일을 대체한 지 오래되었다. 재빠른 자본주의여! 사실 그 누구보다 먼저 새해 인사를 건네는 것은 온갖 브랜드의 홍보 메일이 아닌가.

우르르 쏟아져 물욕을 자극하는 방트 프리베 메일에는 늘 겸허히 굴복하게 된다. 이미 거북목에 좋다는 메모리폼 베개(이런 건강 기능성 제품에 돈을 지불하는 나이가 되다니!)와 압력솥을 주문했다. 압력솥이 오자마자 정향, 셀러리, 당근을 넣고 닭을 고아 향기롭고 감칠맛 나는 육수를 만들 생각이다. 초콜릿색이 되도록 양파를 볶아 육수를 붓고 그뤼에르 치즈를 듬뿍 올려 오븐에 구우면 양파 수프가 된다. 보드랍고 달콤한 양파와 짭짤한 치즈에 닭과 채소에서 우러난 진한 국물이 입 안에서 혼연일체가 되어 물결치겠지. 지금 필요한 건 이마에 배는 땀을 훔쳐가며 먹는, 세상 그 무엇보다 따뜻하고 맛있는 수프 한 그릇이다.

후식으로는 당연히 1월의 디저트, 갈레트 데 루아^{Galette des Rois}(왕의 케이크란 뜻)를 먹어야 한다. 동방박사 세 명이 아기 예수를 찾아와 경배를 올린 기독교의 축절, 1월 6일 주현절에 먹는 갈레트 데 루아는 버터 맛이 가득 밴 바삭한 파이 반죽 안에 달콤한 아몬드 가루 필링인 프랑지판^{frangipane}이 들어 있다. 작은 도자기 장식인 페브가 숨겨져 있어 페브를 발견하는 사람에게 왕관을 씌워주는 이벤트가 곁들여진다. 갈레트 데 루아는 그야말로 우울

bon vivant

Une vie française

한 1월을 위한 디저트다.

그러나 갈레트 데 루아를 먹고 쇼핑을 하고 바캉스 계획을 세워보아도 1월의 우울은 비에 불어난 진흙탕처럼 쉽사리 가시지 않는다. 애당초 1월의 우울은 새로운 시작이라는 거짓말에서 비롯되었기 때문이다. 해가 바뀌는 것만으로 새로운 시작이 가능할 리 없는데도 우리는 덧없는 희망을 품는다. 그러니 당연히 실망할 수밖에 없다. 찬란한 시작을 고대했던 부푼 마음은 아무것도 변하지 않는 현실에 바람 빠진 풍선처럼 쪼그라든다.

새해 결심 역시 1월 중반이 되면서 쓰라린 포기와 자책이 동반되는 굴레로 바뀐다. 이제 남은 것은 단 하나. '그럼에도 불구하고'다. 나는 '그럼에도 불구하고'를 신봉한다. 완벽하게 세팅된 행복이란 없다. 행복이란 복잡 다단한 일상의 틈바구니에서 눈을 크게 뜨고 찾으려 애써야 눈에 띈다. 별로 답장하고 싶지 않은 이메일과 신경을 거스르는 지인, 어깨에 얹힌 스트레스, 그 것들 사이에서 빼꼼히 싹을 내민다. 그 행복을 알아보는 방법은 '그럼에도 불구하고'다.

새해 결심이 순식간에 무너진다 해도 '그럼에도 불구하고' 변하고자 하는 마음은 그대로니까. '그럼에도 불구하고' 여행을 상상할 수 있으니까. '그럼에도 불구하고' 양파 수프와 갈레트 데 루아를 먹는 자잘한 행복이 나를 기다리고 있으니까. '그럼에도 불구하고' 올 한 해도 예쁜 페브와 함께 왕관을 쓸 수 있으니까. 그 잠시 잠깐 나는 왕이니까.

bon vivant

Une vie française

그리고 무엇보다 '그럼에도 불구하고' 남은 시간들. 무엇이든 할 수 있고 될 수 있는 가능성을 품은 일 년이 넉넉하게 남았으니까. 어떤 싹을 틔울지 모를 그 시간들이 외친다.

'그럼에도 불구하고.'

지은 집밥

프랑스 시장의 계절
식재료로 만드는
프랑스의 가정식을
소개합니다.
봄, 여름, 가을, 겨울.
씹고 핥으며 프랑스의
사계절을 음미해요.

La table de famille chez lee

지은 집밥

ASPerge de MONet

YOUNA.L

모네의
화이트 아스파라거스

매년 5월 초가 되면 마음이 조급해진다. 화이트 아스파라거스를 먹을 수 있는 날이 점점 줄어들고 있어서. 파리의 채소 가게에 화이트 아스파라거스가 등장하는 때는 4월의 어느 날이다. 그날이 오면 상인들은 크레파스처럼 뭉툭하고 진주빛 광택을 자랑하는 화이트 아스파라거스를 다발로 묶어 보란 듯이 매대를 채운다. 드디어 일 년에 단 한 번 펼쳐지는 화이트 아스파라거스의 화려한 무대가 시작되는 것이다.

왕실의 일원이거나 귀족 나리쯤 되어야 아스파라거스를 맛볼 수 있던 시대는 지나갔지만 여전히 화이트 아스파라거스는 귀한 채소다. 광대한 궁전 속 미로 같은 복도 너머의 안채에서 평생을 보내는 술탄의 여인 같다고나 할까? 화이트 아스파라거스의 눈부신 하얀색은 베일 속에 얼굴과 몸을 감춰야 하는 술탄의 여인처럼 햇볕을 보지 않는 데서 비롯된다. 모래흙을 둑처럼 쌓아 흙속에서 키우는데 끄트머리가 자라서 삐죽 흙을 비집고 나오면 그 부분에만 보라색 물이 든다. 게다가 수확할 때도 행여나 부러질세라 손으로 일일이 딴다.

제철을 맞은 화이트 아스파라거스는 감자칼로 겉면을 살짝 벗겨 소금물에 삶기만 해도 맛있다. 입에 넣으면 탱탱하면서도 낭창낭창한 질감과 함께 봄의 냄새가 훅 끼쳐온다. 푸릇푸릇한 새순을 피워 올린 나무둥치, 바람이 불면 초록 파도가 일렁이는 벌판, 꼿꼿하고 당차서 이름을 알아두고 싶어지는 들꽃, 엄마의 뒤를 쫓아가며 하루를 보내는 뽀얀 어린 양… 화이트 아스파라거스의 향은 여린 초록 물이 배어 나올 듯한 이 모든 봄 냄새의 총집합이라 할 만하다.

화이트 아스파라거스에 곁들이는 소스로는 홀랜다이즈 소스가 가장 유명하지만 나는 버터가 들어가서 자칫 무거워지기 쉬운 홀랜다이즈 소스보다 구름처럼 가벼운 무슬린 소스를 좋아한다. 달걀노른자가 연하게 퍼진 따스한 노란색 무슬린 소스 위에 선명한 초록색 시불레트를 그림을 그리듯 종종 썰어 올리고 보라색 차이브 꽃을 툭툭 놓는다. 마치 모네가 된 듯이.

보통은 집에 정원이 딸려 있지만 하도 정원이 유명해서 정원에 집이 딸린 모양새가 된 지베르니의 모네 집. 그곳에 한 번이라도 가본 사람은 알 거다. 모네의 집에는 이 무슬린 소스와 똑같은 색을 한 식당이 있다는 것을.

1883년 4월 말 모네는 동반자인 알리스와 아이들 8명에 요리사, 가정교사, 하녀까지 포함한 대군단을 이끌고 지베르니에 정착했다. 모네는 제분소로 쓰던 건물을 개조한 특색 없는 농가를 자기식으로 꾸몄다. 온 집 안을 색깔로 물들이는 것! 정말이지 컬러

를 사랑했던 모네만이 생각할 수 있는 인테리어였다.

베란다와 덧문과 문은 베로네세 그린, 외벽은 로즈 오커, 현관은 모브, 살롱은 트리아농 회색… 좀 사는 집이라면 조각을 새긴 짙고 어두운 마호가니나 떡갈나무 패널을 벽에 붙여 한껏 고풍스럽게 집 안을 꾸미던 시대에 이런 색깔이라니!

"그 화가 나부랭이는 제정신이 아니야!"

모네의 파격적인 주문에 기겁했던 지베르니의 페인트공은 심지어 식당을 밝은색 크롬옐로로 칠해 달라는 요청에 입을 틀어막았다. 손님을 초대해 식사하는 공식적인 공간에 노란색이라니 말도 안 돼. 지베르니의 페인트공은 몰랐겠지만 모네가 주문했던 크롬옐로 1번은 모네를 비롯해 반 고흐까지 인상파 화가들의 팔레트에서 빠지지 않았던 색이다.

빛을 머금은 모네의 노란색 식당은 파란색 일본풍 무늬가 도드라지는 모네 가의 일상 식기, 창문과 베란다의 영롱한 베로네세 그린, 그리고 열린 문 너머로 시선을 사로잡는 온갖 꽃들과 어우러져 마치 한 폭의 그림 같은 풍경을 이룬다. 탁월하고 과감한 모네의 색조 감각은 지금 보아도 경탄이 절로 나온다. 그는 집에서도 일상에서도 그림을 그리는 진정한 화가였던 것이다!

화이트 아스파라거스를 그림으로 그리기까지 했던 마네처럼 모네도 화이트 아스파라거스를 좋아했다. 게다가 지베르니에서 멀지 않은 아르장퇴유는 19세기 후반 미식가들의 지대한 관심을 끌었던 아르장퇴유 화이트 아스파라거스가 태어난 곳이다.

긴 수염에 밀짚모자를 눌러써서 사람 좋은 시골 할아버지처럼 보이는 모네는 미식가였다. 당시에는 시골 촌구석에 지나지 않던 지베르니에서 모네 가족들은 런던에서 가져온 홍차와 요즘의 마리아주 프레르와 비견되는 19세기 티 브랜드인 카도마의 녹차, 부르봉 바닐라, 실론산 시나몬, 파리에서 유행하는 사탕과 과자를 먹는 유일한 사람들이었다.

미식가답게 모네는 꽃뿐만 아니라 채소에도 관심이 많았는데 집에서 조금 떨어진 지베르니 끄트머리에 가족의 채마밭을 가지고 있었다. 어딜 가든 관심이 가는 꽃씨와 모종을 잔뜩 사서 집으로 보냈던 모네는 크레송이며 아스파라거스처럼 19세기의 신품종 채소 모종도 잊지 않았다.

그나저나 모네가 무엇을 먹었는지 어떻게 아느냐고? 모네의 입맛에 대해 세세히 알 수 있는 것은 모네 가의 안주인이었던 알리스가 남긴 레시피 노트 덕분이다.

모네의 친구였던 말라르메의 지롤 버섯 요리, 세잔의 아구 부야베스, 모네의 미술상이자 인상파 화상으로 이름을 남긴 뒤랑뤼엘의 세프 버섯 저장법 등 모네 가에 드나들며 가족처럼 지냈던 친구들이 남긴 레시피와 모네의 단골 식당이었던 드루앙의 미국식 바닷가재 요리법처럼 그녀의 레시피 노트에는 모네 가족의 일상생활이 고스란히 담겨 있다.

모네의 생일상에도 올라왔던 멧도요 구이, 크리스마스 테이블의 뵈브 클리코 샴페인과 바나나 소르베(당시 바나나가 얼마나 귀했는지를 생각해보면 엄청난 사치다), 일요일의 넙치 구이와 피스타치오로 만든 케이크인 베르베르(초록초록이라는 뜻!)… 알리스의 레시피는 모네의 일상 속으로 우리를 초대한다.

모네의 그림은 왜 아름다운가?

이 질문에 대한 나의 대답은 이렇다.

모네의 그림에서는 세상에 대한 감탄사가 들린다. 시시각각 단 한순간도 같지 않아서 모네를 한없는 조바심으로 몰아넣은 빛 그리고 색.

말년에 수련 시리즈를 그리면서 삶의 마지막 한순간까지 음미했던 모네는 진정한 봉비방이었다. 19세기의 봉비방 모네가 진정 우리에게 알려주고자 한 것은 세상에 대한 경탄의 언어, 동경의 눈빛이 아닐까. 모네의 노란색, 모네의 아스파라거스 레시피, 모네의 꽃들… 살아 있어 만날 수 있는 세상의 아름다움과 맛.

bon vivant

La table de famille chez lee

모네가 사랑한
화이트 아스파라거스

준비물

화이트 아스파라거스, 달걀 한 개, 프렌치 머스터드, 화이트 와인 식초,
포도씨 또는 올리브오일, 시불레트, 완두콩, 시불레트 꽃 등의 장식 채소들

1   화이트 아스파라거스는 질긴 밑둥을 자르고 감자칼로 겉면을 얇게
    벗겨줍니다. 자른 밑둥과 껍질은 냉동실에 보관했다가 새우 머리와 함께
    끓이면 향기로운 육수가 돼요. 아스파라거스 리조토를 만들 때 쓰면
    좋습니다!.

2   화이트 아스파라거스가 구부러지지 않고 온전히 잠기는 넓직한 냄비에
    물과 소금을 넣고 끓입니다. 팔팔 끓으면 아스파라거스를 넣어주세요.

3   굵기에 따라 다르지만 대략 3분 후, 아스파라거스가 살짝 투명해지면서
    칼로 찔렀을 때 부드럽게 쑤욱 들어가면 익은 거예요. 과도하게 익는 것을
    막기 위해 냄비에서 꺼내자마자 얼음물에 담가줍니다.

4   무슬린 소스 만들기
    ―달걀흰자와 노른자를 분리합니다.
    노른자 하나당 숟가락 한 스푼의 프렌치 머스터드를 넣고 오일을 살살 부어가며
    거품기로 저어줍니다. 머스터드와 오일, 노른자가 엉기면서 마요네즈 같은
    질감이 될 거예요. 여기서 식초 한 티스푼을 넣어서 마무리합니다.
    ―흰자를 거품기로 쳐서 단단하게 머랭을 만들어줍니다.
    ―머랭과 노른자 마요네즈를 살살 섞어주세요.

5   접시에 아스파라거스를 착착 깔고 소스를 부어준 뒤 시불레트, 완두콩
    등으로 장식해줍니다. 보라색 시불레트 꽃은 강한 마늘 맛이 나는데
    은은한 무슬린 소스 맛에 포인트가 되어줍니다. 이 외에 다양한 계절
    채소를 이용해 멋을 낼 수도 있어요. 마치 모네가 된 것처럼요!

bon vivant

La table de famille chez lee

우리는 모두 할머니의 손자 손녀, 앙디브 오 장봉

20년이 넘도록 프랑스에 살았지만 남편과 결혼하기 전까지 내가 먹어본 프랑스 음식이란 프랑스 식당 메뉴판에 자주 등장하는 음식들이 전부였다. 스테이크와 감자튀김, 오리 콩피, 소스를 뿌려 오븐에 구은 생선 요리들…. 어느 식당에 가나 비슷비슷한 음식들이었다.

학생이거나 나보다 나이가 어린 주변의 프랑스 친구들은 피카르Picard의 단골이었다. 최근 비빔밥이나 꽈배기 등 한국 음식을 소개해서 화제에 오른 피카르는 프랑스 어디에서나 볼 수 있는 냉동 식품 전문 체인이다. 워낙 미식의 나라라는 이미지가 강해서 그런지 프랑스인이라면 매일 시장을 봐서 그럴듯한 음식을 해 먹을 것 같지만 현실은 그렇지 않다. 내 주변에도 피카르 없이는 살 수 없는 사람이 많다.

먹는 것을 좋아하는 나는 가끔 학생 신분에도 유명 식당을 과감하게 드나들었지만 정작 메뉴판에 적힌 세 줄짜리 요리 이름은 어느 하나 제대로 기억하지 못했다. 그런 미식가를 위한 식당에서 나오는 음식이란 집에서는 해 먹어볼 엄두도 나지 않을 정도로 복잡해 보였다. 집에서도 고급 한정식 집에서도 된장찌개를 먹을 수 있는 우리나라와는 달리 프랑스는 가정식과 식당 음식, 정확히는 셰프의 음식 사이에 큰 차이가 있다.

앙디브 오 장봉Endives au jambon이나 키시Quiche, 블랑케트 드 보Blanquette de veau, 라타투이Ratatouille, 소시지와 감자 퓌레 같은 가정식에 해당하는 음식들은 식당에서 보기 힘들다. 가정식을 콘셉트로 한 식당이 인기를 끌고 있는 지금은 많이 달라졌지만 오랫동안 파리의 식당 메뉴판에서 가정식은 거의 볼 수 없었다.

프랑스인들이 집에서 무얼 먹고 사는지를 알게 된 것은 순전히 남편 덕분이다. 데이트라 하면 으레 식당으로 초대하는 다른 남자들과는 달리 그는 첫 데이트부터 나를 자기 집으로 불러 미라벨 타르트를 구워주었다. 그날따라 그의 장기인 미라벨 타르트를 처참하게 망치고 말았지만 안절부절못하며 평소에는 잘한다고 주절주절 변명을 늘어놓는 그가 귀엽다는 생각이 들었다. 남편은 지금도 그날 일을 최악의 흑역사로 기억하고 있다.

남편은 파리의 독신자치고는 드물게 주말마다 시장을 보고 요리를 만들어 친구를 초대하는 사람이었다. 그 때문에 집도 일부러 알리그르 시장 근처를 고집했다. 게다가 나무 절구, 길을 잘 들인 오래된 무쇠 냄비, 무려 화구 6개에 오븐이 붙어 있는 본격적인 가스오븐레인지가 놓여 있는 부엌을 가지고 있었다.

얇은 송아지 필렛에 프로슈토 햄과 세이지 잎사귀를 올려 화이트 와인에 조린 살팀보카Saltimbocca, 머스터드를 듬뿍 발라 코끝이 시큰해지는 토마토 타르트, 리코타 치즈를 듬뿍 넣어 부드럽게 만든 특제 미트볼…. 남편은 부지런히 나에게 여러 가지 요리를 해줬다.

프랑스인에게도 계절 요리가 있다는 것을 가르쳐준 사람도 남편이다. 여름의 냉면, 겨울의 국밥처럼 프랑스인도 여름에는 염소 치즈를 올린 샐러드와 토마토 타르트를, 겨울에는 스튜와 퐁뒤, 라클레트 같은 온갖 치즈 요리로 살을 두둑하게 찌운다는 사실을 알게 됐다.

남편의 요리에는 오랫동안 유학생으로 살면서 잊고 있던 집밥의 맛이 났다. 특별한 재료가 아니라 제철의 흔하고 싼 재료를 쓴 평범한 밥. 그래서 가족이 멀리 있는 외국인인 나에게는 오히려 귀했던 밥. 이 사람과 함께라면 프랑스라는 낯선 나라에서 포근하고 따뜻한 부엌을 가지고 살 수 있겠다는 생각이 들었다.

알고 보니 남편의 집밥은 평생 미용사로 일하며 자식 둘을 키운 시어머니가 아니라 세상을 떠난 그의 할머니가 해준 수많은 밥상이었다.

"할머니가 살아 계셨으면 너는 진짜 우리 할머니를 좋아했을 거야."

정말 그랬을 거다. 보글보글 파마한 금발 머리(왜 할머니들의 머리는 다 보글보글 파마일까? 정말 이건 국제 표준 같다)에 통통하고 붉은 볼을 한 그의 할머니, 일 년 내내 프로방스 할머니들의 상징인 타블리에(앞치마)를 유니폼처럼 입으셨다는 그분은 정원 가꾸기의 일인자였다고 한다. 시댁에서 멀지 않은 툴루즈 근교에서 살

고 계셨는데도 할머니의 집은 대문을 열자마자 바로 시골이었다. 봄, 여름, 가을, 겨울 사계절마다 꽃이 피는 정원 한켠의 채마밭은 그분의 자랑이었다.

밭일을 하는 할머니 옆에서 흙을 나르던 손자는 쉰 살이 넘은 지금도 할머니의 채소들을 잊지 못한다. 그녀는 지금은 그 어느 시장에서도 볼 수 없는 통통하고 짤막한 오이로 프랑스식 오이 피클인 코르니숑을 부엌 선반 가득 만들었다. 할머니의 토마토는 한 손으로 잡지 못할 정도로 컸는데 건드리기만 해도 즙이 뚝뚝 떨어졌다.

"그 토마토는 진짜였어."

토마토에 유독 까다로운 남편은 할머니의 토마토에만 진짜라는 말을 붙인다. 진짜라는 토마토 품종은 없지만 너무나 자기 주장이 강했던 그 토마토에는 진짜라는 이름 외에 다른 이름을 붙일 수 없다고 여러 번 강조한다.

남편은 할머니의 포근한 부엌에서 먹었던 음식들을 빠짐없이 기억하고 있었다. 비가 오는 날이면 버터를 듬뿍 넣고 부쳐주던 크레페, 오리 기름에 들들 볶은 감자, 마늘을 듬뿍 넣은 통닭…. 도대체 어떻게 했는지 모르지만 이제는 어디를 가도 먹을 수 없는 음식이 됐다고 남편은 그리움이 듬뿍 묻어나는 말투로 할머니의 프렌치프라이를 추억했다.

아무리 좋은 남자라도 프랑스 남자와는 결혼할 수 없다며 굳게 닫은 마음이 스르륵 열린 것은 그 때문이었을 것이다. 오랜 유

학 생활을 거치며 프랑스 남자와도 연애를 했지만 정서를 공유하지 못하는 관계는 늘 예상보다 빨리 식었다. 논리적으로 설명할 수도 없고 설명해서 될 일도 아닌 정서. 콕 집어 나열할 수는 없지만 나는 장래의 남편과 비가 오면 부침개를 부쳐 먹고 목욕탕에 다녀오면 빨대를 콕 찍은 바나나 우유를 나눠 먹으며 살고 싶었다. 코가 시릴 정도로 차가운 겨울에 김이 펄펄 나는 오뎅 국물을, 덥다 덥다 타령이 절로 나는 여름이면 차가운 냉면을 함께 즐길 수 있는 그런 사람을 바랐다.

툴루즈에서 태어나서 샤를 아즈나부르와 프랑스 갈의 노래를 들으며 자란 전형적인 이공계인 남편은 나와 무엇 하나 공통점이 없었다. 그렇지만 신기하게도 남편의 할머니 타령을 들으면 들을수록 남편의 할머니는 마치 우리 할머니 같았다. 나에게도 식기 전에 통닭을 먹으라고 채근하고 간식거리를 챙겨주던 할머니가 있었으니까.

감자와 고기를 듬뿍 넣은 할머니의 카레라이스를 먹고 자란 나는 남편처럼 할머니의 음식을 먹고 자랐다. 붓으로 양념을 발라가며 석쇠에 구워 반짝반짝 윤이 나는 가자미 유장 구이와 밤새도록 들통에서 고아 뽀얀 국물이 우러난 갈비탕은 그래서 지금도 가장 그리운 음식이다.

심지어 억척스럽고 활동적이던 할머니는 먼 프랑스로 유학 간 손녀를 위해 배낭을 메고 경동시장에 가서 배추를 사다가 김치를 담가 보내주셨다. 무거운 소포를 손수레에 싣고 우체국까지 가서 낯선 EMS 신청 서류에 또박또박 나의 프랑스 주소를 알파벳으로 적으셨던 할머니. 할머니의 소포에는 늘 세로로 쓴 편지가 들어 있었다. 타지에서 고생한다고, 힘들면 언제든 돌아오라고. 부모님 덕분에 편안하게 유학 생활을 하는 손녀에게 보내는 편지치고는 너무 신파적이었지만 나는 그 편지들을 여전히 소중하게 간직하고 있다.

나는 남편의 할머니를 만나 뵙지 못했지만 다행히 남편은 세상을 떠나기 전 나의 할머니를 만날 수 있었다. 손녀 사위가 외국인이라고 말씀드릴 때는 그렇구나 했던 할머니는 막상 파란 눈에 금발 머리 외국인이 현관문에 나타나자 기가 막혀 말이 안 나오는 눈치였다.

평소에는 목소리가 크고 거침없던 할머니는 그날따라 소파 손잡이를 꼭 쥐고 남편의 얼굴을 물끄러미 바라보기만 했다. 알고 보니 남편은 생애 최초로 할머니의 집에 발을 들인 외국인이었다! 영어를 못해서 웃는 것 외에는 어떤 말도 할 수 없었지만 할머니는 구운 갈비를 남편의 밥 위에 올려주는 것으로 마음을 표현했다. 집을 나서는 남편의 손에 쌈짓돈을 쥐어주던 할머니의 손을 어루만지는 남편의 눈에 눈물이 고였다.

봄은 멀었지만 마음만은 이미 봄인 3월이 되면 남편이 노래를 부르는 앙디브 오 장봉 역시 남편의 할머니가 해주신 음식이다. 하얗고 통통한 살결에 눈썹을 가늘게 민 르네상스 귀부인 같은 앙디브(엔다이브)를 버터를 두른 솥에 넣고 오래오래 푸욱 삶는다. 버터의 향과 맛이 흠뻑 배고 심이 다 빠져 흐물흐물해지면 채반에 밭쳐 물기를 뺀다. 얇게 자른 분홍빛 햄에 둘둘 말아 베샤멜 소스를 얹고 오븐에서 구우면 끝이다.

부들부들해서 씹을 것도 없이 넘어가는 앙디브는 어쩐지 우거지를 닮았다. 그의 할머니가 손자를 위해 장작 오븐에서 앙디브 오 장봉을 구웠듯 우리 할머니는 우거지를 듬뿍 넣고 된장국을 끓였다. 그의 할머니와 우리 할머니, 그와 나를 만들어주신 어른들, 동양과 서양이 달라도 우리가 함께인 것은 그 사랑 덕분이다. 너와 내가 무엇 하나 같은 게 없지만 그래도 우리는 모두 할머니의 손자, 손녀니까. 할머니의 손맛과 집밥에는 국경이 없으니까.

bon vivant

La table de famille chez lee

아직은 으슬으슬한 밤에
앙디브 오 장봉 endives au jambon

준비물 (4인 기준)

엔다이브 8개, 햄 8장(엔다이브를 둘둘 싸야 하기 때문에 클수록 좋아요),
우유 750ml, 밀가루 50g, 버터 80g, 에멘탈이나 그뤼에르 치즈 간 것 100g, 약간의
소금, 너트맥, 후추

2월 말, 3월 초는 프랑스인들이 '브뤼셀의 진주'라고 부르는
앙디브(엔다이브)의 철입니다. 앙디브 오 장봉은 아직은 으슬으슬한 밤에
간단하게 먹기에 좋은 프랑스 가정식이에요.

1 두터운 무쇠솥에 버터를 둘러 녹으면 물을 붓고 엔다이브를 넣어요.
  엔다이브가 3/4 정도 잠기면 됩니다. 중불에서 엔다이브의 가운데 심까지
  푸욱 익도록 삶아줍니다. 다 삶아 흐물흐물해진 엔다이브를 채반에 건져
  물기를 빼주세요.
2 엔다이브가 익을 동안 베샤멜 소스를 만듭니다. 바닥이 두터운 냄비에
  버터를 녹인 후 밀가루를 넣고 골고루 저어줍니다. 우유와 너트맥, 후추,
  소금을 넣고 부지런히 저어주세요. 이때 불은 중불 이하가 좋습니다. 불이
  세면 순식간에 졸아들면서 소스가 너무 빡빡해져요.
3 물기가 빠진 엔다이브를 햄으로 둘둘 말아줍니다. 오븐 용기에 차곡차곡
  담고 베샤멜 소스를 올린 후 치즈를 솔솔 뿌려주세요. 180도의 오븐에서
  치즈의 겉면이 갈색으로 누를 정도로 익히면 끝입니다.

bon vivant

La table de famille chez lee

LES
ABRICOTS
de
RENOIR

YOUNA.L

르누아르의
살구 타르트

작약이 지천인 계절이 되면 나는 언제 살구가 나오려나 은근히 기다린다. 베르주롱bergeron, 오랑주레드orangered, 랑베르탱lambertin 등 오베르뉴의 고원과 프로방스에서 자란 살구 중에서 내가 가장 좋아하는 녀석은 붉은 오커의 고장 루시용에서 난 살구다.

루시용 살구는 볼이 발그스름한 프로방스 소녀 같다. 웃으면 천진난만하게 드러나는 주근깨처럼 오렌지색 표면에 자잘한 붉은 점들이 가득하다. 햇볕에도 냄새가 있다면 이렇겠지? 싶은 다정한 향을 폴폴 풍기는 살구를 한 봉지 가득 사는 날에는 살구 타르트를 만든다. 하필 이름도 살구일까. 불어로는 아브리코abricot라고 부르지만 살구는 경쾌하게 '살구'라고 불러줘야 한다.

햇볕을 듬뿍 머금은 작은 열매들은 파리의 작은 부엌을 순식간에 올리브나무가 보이는 프로방스의 돌집 부엌으로 만들어준다. 즙을 듬뿍 머금은 오렌지빛 속살에 절로 침이 고인다. 손질하다 살구를 다 먹어버리겠다 싶어 걱정이 될 정도다.

요리하는 사람으로서는 고맙게도 살구는 씨도 깔끔하게 빠진

다. 과육이 단단하게 달라붙어 씨를 빼다가 늘 옷을 다 버리게 되는 체리와는 비교도 안 된다. 야무진 모범생처럼 툭 빠지는 씨라니! 보통 살구 타르트에는 단단한 사블레 반죽을 쓰지만 우리 집에서는 페스트리 반죽을 애용한다. 오븐에서 속이 녹진하고 보드랍게 익은 살구에 바삭한 질감을 더해주기 위해서다.

주말 점심 초대에 살구 타르트를 구워 가면 식탁에 둘러앉은 모두의 얼굴에 따스한 살굿빛이 돈다. 아아, 여름이구나! 오후의 식탁에는 르누아르의 유명한 그림 〈뱃놀이 파티의 오찬〉에서처럼 느슨하고 나른한 분위기가 감돈다. 파리의 끄트머리라 할 수 있는 몽마르트르 꼭대기, 코르토 가 11번지[11 rue cortot]에 살았던 화가 르누아르도 오븐에서 막 꺼낸 황금색 살구 타르트를 좋아했다고 한다.

"여기는 시골이나 다름없다네."

지금은 파리에서 유일한 포도밭이 남아 있는 관광지로 알려져 있지만 당시 코르토 가 주변은 거대한 숲이었다. 드라마 〈나의 해방일지〉의 배경인 산포시 같은 곳이라고나 할까?

몽마르트르 일대는 날로 발전하는 근대 도시 파리에서 밀려난 이들이 모여 살았던 동네였다. 가장 가까운 식품점에 가려고 해도 좁고 어두운 골목을 한참 걸어 몽마르트르 언덕을 내려가야 하는 소외된 지역. 그렇지만 르누아르의 눈에 몽마르트르는 꽃과 나무로 가득한 파리 안의 안식처였다. 행정 구역상으로는 분명 파리에 속하지만 몽마르트르의 주민들은 시골 사람 못지않

게 무엇이든 자급자족했다. 르누아르가 반했던 그 숲속에서 돼지와 염소, 소를 키웠고 여름이면 야생 산딸기를, 가을이면 버섯을 땄다.

르누아르의 모델이자 부인이 된 알린 샤리고 Aline Charigot 는 일찍부터 바느질로 생계를 꾸렸고, 르누아르의 뮤즈가 될 만큼 아름다웠다.(그림 속에서 애완견에게 뽀뽀를 하려는 듯 입술을 삐죽 내민 여인이 바로 그녀다!) 하지만 허영심이나 허세는 전혀 찾아볼 수 없는 여자였다. 야무지고 생활력이 강했던 그녀는 금세 동네 사람들과 어울려 지냈다. 집 앞 계단에 나와 앉아 쉴 새 없이 바느질을 하면서 볼품없는 개 두 마리를 호위병처럼 데리고 다니는 집주인 마담 프레방, 몰락한 후작 부인으로 발을 다 덮는 긴 드레스를 질질 끌고 다녔던 관리인 마담 프레와 수다를 떨었다.

"몽마르트르 언덕 위에서는 초대라는 게 없었어요. '블랑케트드 보를 만들었는데 먹으러 올래?'라고 물어보고는 오겠다고 하면 그냥 수저나 하나 더 놓는 식이죠."

영화감독이 된 아들 장 르누아르는 그 시절의 몽마르트르를 이렇게 추억했다. 식사 시간이 되면 옆집, 뒷집으로 음식을 배달하며 뭐든 나누어 먹는 〈응답하라 1988〉의 쌍문동처럼 몽마르트르 사람들은 대문을 닫지 않고 살았다. 카드를 보내 방문 약속을 하고 선물을 챙기는 딱딱한 격식 대신 언제 누가 문간에 나타나도 밥 먹고 가라며 붙들었다.

오늘날 르누아르가 살았던 집터는 몽마르트르 박물관이 되었다. 박물관 벽면에 새겨진 이름과 안내판에 적힌 이름만 남아 있을 뿐 르누아르의 흔적은 온데간데없다. 그렇지만 박물관 꼭대기에는 오르세 미술관에 소장 중인 르누아르의 '댄스 시리즈'의 주인공 수잔 발라동의 아틀리에가 고스란히 남아 있다.

르누아르, 로트레크, 모딜리아니의 모델이었던 그녀는 이후에 화가가 되었고 세상을 떠날 때까지 이 아틀리에에서 살았다. 이젤, 테레빈유를 녹이는 양철 컵과 붓을 씻는 개수대, 여기저기 놓여 있는 캔버스와 물감이 마구 뒤섞인 팔레트….

수잔 발라동의 체취가 가득한 아틀리에는 르누아르를 추억하기에도 좋은 장소다. 그가 특별히 좋아했던 절인 청어, 특별한 날에만 사다 먹은 파이인 볼오방^{vol-au-vent}, 하얗고 푹신한 브리오슈, 복숭아와 살구, 체리 같은 여름 과일들….

르누아르의 세 아들은 특히 볼테르 가에서 유명 제과점을 운영하던 외젠 뮈러^{Eugène Murer}의 방문을 손꼽아 기다렸다. 피사로, 모네, 시슬리, 르누아르 작품의 수집가이자 절친한 친구였던 제과장 뮈러는 올 때마다 슈크림을 들고 나타났기 때문이다. 르누아르는 뮈러 제과점의 장식을 도맡아 벽에 꽃이며 과일들을 그리기도 했다. 르누아르가 벽화를 그린 제과점이라니! 아직까지 뮈레 제과점이 남아 있다면 엄청난 명소가 되었을 텐데!

르누아르의 그림은 너무나 '행복한 그림'이라 식상하다는 평을 듣곤 한다. 고흐처럼 슬프지도 않고 마네처럼 진지하지도 않다고 말이다. 화폭에 구현된 세계가 너무나 아름다운 나머지 오

히려 폄훼되는 그림인 것이다. 흔히 대작이라면 응당 고통과 고민, 혼란이 생생하게 묻어나야 한다고 여긴다. 여기에는 가난하고 힘든 삶을 살았던 화가일수록 치열하게 작품에 임했을 거라는 선입견도 한몫한다. 파리 상류층의 후원을 받아 고급 드레스를 입고 사치스런 실내에 앉은 여인들을 그렸던 르누아르는 여기서도 점수를 깎인다.

그렇지만 르누아르는 '아름답지 않은 것을 그려야 할 이유가 없다'라고 단언했다. 가뜩이나 아름답지 않은 세상에서 구태여 아름답지 않은 것을 하나 더 보탤 필요가 없다는 거다. 그는 고통의 바다와 같은 세상에서 잠시 잠깐 머물다 사라지는 아름다움의 소중함을 알고 있는 사람이었다. 그리고 자신의 눈에 비친 그 아름다움, 나비처럼 팔랑거리며 시간 속으로 사라지는 그 아름다움을 그림 속에 잡아넣었다.

피아노를 치는 소녀들의 살굿빛 뺨, 춤추는 여인들의 다정한 눈웃음, 하얗고 포동포동한 살결의 냄새, 행복한 시간 위에 머무는 나부끼는 나뭇잎의 그림자는 그렇게 영원히 남을 수 있었다.

가끔 나는 르누아르의 식탁에 반짝이는 살구 타르트를 가져가는 상상을 한다. 그러면 살구만큼이나 환한 미소로 나를 맞아줄 것 같다. 프랑스 최고의 출판업자이자 후원자였던 샤르팡티에부터 작품의 모델이 된 거리의 소녀들까지 모두가 사랑했던 소탈하고 낙천적인 웃음을 터트리면서 말이다.

르누아르에게 선물하고 싶은
살구 타르트

준비물

페스트리 반죽, 살구, 아몬드 가루 조금, 설탕, 달걀노른자 1개

1 살구를 반이나 1/4 조각으로 잘라 설탕을 살짝 뿌려 재워둡니다.
  살구 속에서 즙이 올라와 겉면에 촉촉이 고이면 돼요.

2 페스트리 반죽을 틀에 깔고 포크로 바닥 여기저기를 한 번씩 찔러준 다음
  아몬드 가루를 솔솔 뿌립니다.

3 1의 살구를 위에 예쁘게 올려주세요.

4 페스트리 반죽 위에 달걀노른자를 칠해주면 훨씬 먹음직스럽게 익습니다.

5 180도 오븐에서 반죽이 익고 살구가 뭉근하게 구워질 때까지 기다리면
  완성!

+ 농익어서 달달해진 살구라면 설탕에 재워두지 않아도 괜찮습니다. 설탕은
  단맛을 더하기 위한 재료라기보다 살구 속의 단맛을 끌어내는 재료이니
  너무 많이 넣지 마세요!!

+ 바닐라 아이스크림과 함께 먹으면 맛있어요. 차갑고 부드러운 바닐라에
  바삭한 파이 크러스트 반죽과 뭉근하고 단 살구의 조화!!!

bon vivant

La table de famille chez lee

가을의 첫 번째 편지,
포도

온난화로 지구가 몸살을 앓고 있는 요즘이지만 그래도 가을은 어김없이 온다. 맑은 물에 서서히 풀리는 물감처럼 가을의 첫 신호는 아주 미세하다. 한낮의 기온이 30도가 넘어가는 날 문득 얼굴에 와닿는 한줄기 찬바람이나 밤 10시가 되어서도 지지 않던 해가 9시 30분부터 하늘을 분홍색으로 물들인다는 것을 문득 느끼는 순간에는 '가을 예감'이라는 태그를 붙여야 마땅하다.

그 어떤 계관 시인의 시집보다 아름다운 문장으로 가득한 절기집에는 "매가 새를 많이 잡고 벼가 익기 시작하며 천리가 쓸쓸해진다"는 말로 멀리서부터 은근하지만 확실하게 다가오는 가을의 진군을 묘사한다. 또 "여름이라는 덧창이 덜컥덜컥 닫히는 소리가 여기저기서 들리는 9월은 겨울철 땅속에서 잠자는 벌레들이 흙으로 창을 막고 물이 마르기 시작한다"는 문장도 있다.

이런 표현이라니!! 진정한 작가가 되기 위해서는 도시를 버려야 할 것 같은데 그러지 못해 한탄스러운 나의 절기 노트에는 먹이를 저장하는 물새나 멀리 날아가는 기러기는 없다. 그래도 한 가지 위안이라면 나의 가을 역시 포도의 소나타로 그 못지않게

Raisin Italia

Muscat

Chasselas

아름답다는 것.

포도의 등장은 알프스를 넘은 나폴레옹 군대의 대포 소리처럼 전격적이며 기습적이다. 8월 중순의 어느 날, 분명 전날에는 보이지 않던 포도들이 갑자기 좌판에 고개를 내민다. 시장 상인들은 지조 없는 참새 떼처럼 여전히 맛있지만 어딘가 살짝 생기를 잃은 듯한 토마토와 여전히 곱지만 옆구리가 멍들기 시작한 살구를 사정없이 밀어낸다. 그리고 그 자리에 일찍이 네덜란드 정물화가들이 그랬듯이 포도 송이들을 주렁주렁 내건다. 탄탄하고 풍성한 연둣빛 알갱이가 셀 수 없이 달린 포도 송이와 로마 같은 사라진 제국의 이름이 떠오르는 잎사귀가 행인들을 유혹한다.

드디어 8월 중순부터 9월 중순까지 일 년에 단 한 번뿐인 포도의 소나타가 시작되었구나!

포도의 소나타는 시작부터 화려하다. 뒤집힌 뿔 모양으로 포도계의 고전 미인이라 할 수 있는 이탈리아 백포도가 1악장을 연다. 르네상스 시대의 만토바 귀족 부인이 떠오르는 백포도는 베이루트의 대추dattier de beyrouth, 르 그로 베르le gros vert(제일 큰 초록)라는 이름처럼 탐스럽고 우아하다. 1악장의 끝은 와인의 이름으로 더 익숙한 샤르도네다.

행여나 조는 사람이 있을까 봐 그러는지 2악장은 시작부터 포도계의 스타인 뮈스카muscat가 쾅! 박력 넘치게 등장한다. 포도 중에서 가장 단맛이 강한 뮈스카는 짙은 눈동자를 가진 폴란드 소녀를 닮았다. 뮈스카는 머스크, 즉 사향 냄새를 풍긴다고 해서 뮈스카인데 함부르크 뮈스카$^{muscat\ de\ hambourg}$는 고혹적인 향기만큼이나 흔적마저 강렬하다. 파란 기가 도는 검정색 알갱이를 집었다가 손을 닦으면 하얀 냅킨이 짙은 자둣빛으로 물든다.

그래도 가장 좋은 것은 마지막에 온다. 3악장의 주인공 샤슬라^{chasselas}는 9월의 첫째 주가 되어서야 불쑥 나타난다. 가느다란 회색 가지에 열매가 헐겁게 매달려 있는 샤슬라는 포도라기보다 크기를 확대한 백색 그로제유^{groseille}(구스베리) 같다. 투명하고 얇은 껍질 사이로 씨가 훤히 보이는 작은 빛 덩어리를 살짝 떼어 입술로 굴려본다. 한여름 하얀 절벽에서 몸을 날려 초록빛 바다로 뛰어드는 풀리아의 아이들, 처음 엄마를 따라 들판으로 나서는 아기 양의 발걸음, 테니스 라켓을 들고 힘차게 뛰는 소녀의 활기, 샤슬라의 여리고 순한 단맛과 기분 좋은 저항감은 청춘의 봄과 여름이다.

몇 해 전에 한 친구는 부르고뉴의 이름 없는 작은 마을에 언제 지었는지도 모를 돌 벽체만 덩그러니 남은 폐허를 샀다. 작아도 너무 작아서 도저히 집이 되리라고는 상상할 수 없는 비탈 위의 자투리 땅이었다. 고등학생인 아들과 중학생인 쌍둥이까지 세 명의 아이들을 총동원해 자재를 나르고 어찌어찌 집을 지었다고, 아직 샤워실은 완성하지 못했지만 근처의 부모님 댁에서 씻을 수 있으니 그래도 놀러 오라고 전화 속의 친구는 의기양양하게 말했다. 그렇다면 궁금해서라도 가봐야지.

친구는 문 앞에 나타난 우리를 보자마자 뒤편 테라스로 이끌었다. 눈앞에 포도 나무들이 부드러운 구릉을 따라 이어지며 만들어낸 거대한 카펫이 훌렁 펼쳐졌다. 집 크기는 정말이지 아무 문제가 아니었다. 그 집의 모든 일상은 집이 아니라 그 집 뒤에 딸린 테라스에서 이루어지니까.

우리는 테라스 테이블에 옹기종기 앉아 끝없이 이어진 포도밭 사이로 해가 걸쳐지는 광경을 보면서 리옹 소시지가 든 브리오슈에 얼음을 찰랑찰랑 채운 로제 와인을 곁들였다. 부드러운 아니스 열매 향이 폴폴 풍기는 파스티스pastis에 민트 시럽을 탄 초록색 음료 페로케perroquet를 연신 들이켜며 마늘을 까고 야채를 썰었다.

동네 염소 농장에서 가져온 몽글몽글한 염소 치즈에 설탕에 조린 산딸기를 얹고 샐러드에 소스를 치는 동안에도 포도밭 카펫이 바람에 일렁이는 광경이 보였다. 늘쩡늘쩡 돌담을 따라 움직이는 도마뱀을 구경하며 수영장 물에 풍덩 뛰어들 때도 포도밭의 눈부신 초록이 함께였다. 후드드득 굵은 빗방울이 떨어지는 날도 있었다. 큰 우산처럼 비를 튕기는 포도 잎 아래 포도 알은 나날이 발그레하게 볼을 붉혔다.

그 테라스에서 본 건 포도가 아니라 가을이었구나! 동네 시장에서 포도의 소나타를 들으며 뒤늦게 깨닫는다. 계절은 오기 전에도 오는 거구나. 모두가 올해 여름에는 도대체 얼마나 더울까 걱정하는 8월 초에 어이없게도 가을의 시작이라는 입추가 있는 건 그래서였다. 포도의 소나타가 감미로운 건 여름의 하늘에 가을이 썼던 첫 번째 편지라서 그런 걸지도. 여름 속에서 움튼 가을이 자신의 시간을 전해주는 메시지라서….

와인 안주로 좋은
카망베르 로티 camember t rôti

준비물
카망베르, 꿀, 로즈마리, 타임, 견과류, 후추, 에스플렛 고춧가루, 포도

1   카망베르를 격자로 칼집을 낸 뒤 후추와 에스플렛 고춧가루를 뿌려줍니다.
    에스플렛(바스크 지방의 고추 품종) 고춧가루를 뿌리면 은근한 매운맛이
    도는데 매운맛이 싫은 분들은 빼도 좋습니다.

2   카망베르 아래 케이스를 빈틈없이 호일로 잘 싸고 그 안에 카망베르를
    넣어요. 가장자리가 무너지지 않게 녹이기 위해서는 케이스나 세라믹으로
    된 카망베르 로티 용기에 넣어서 굽는 게 좋아요.

3   오븐에 그릴 기능이 있다면 그릴 기능을 이용하세요. 그릴 기능이 없는
    오븐이라면 150도로 예열한 뒤 넣어주세요. 꼭 오븐의 창을 통해 어느
    정도 녹아내렸는지 잘 보는 게 좋아요. 격자 칼집 사이가 은근히 벌어지기
    시작하고 가장자리가 녹아내리면 꺼내줍니다.

4   카망베르를 케이스에서 빼고 접시에 올린 뒤 꿀, 타임, 로즈마리를 뿌리고
    견과류를 올려주세요. 저는 호두와 아몬드를 올려 먹는 걸 좋아해요.

5   포도알과 함께 먹습니다. 사진처럼 포도알을 꼬치에 꽂아도 좋아요.

+   살짝 덜 녹은 것 아냐? 할 때가 타이밍입니다. 오븐에서 꺼내도 치즈는 안의
    열기로 계속 녹아요.

+   단짠의 맛으로 먹는 음식입니다. 단짠의 맛을 싫어하는 분들은 꿀을 넣지
    않고 드셔도 무방합니다.

+   되도록 맛이 가볍고 맑은 꿀을 사용하는 게 훨씬 맛있어요.

+   에스플렛 고춧가루는 곱고 너무 맵지 않은 고춧가루로 대체할 수 있어요.

bon vivant

La table de famille chez lee

파리의 보석들

평범함이라는 담요를
쓰고 있지만 실은 비범한
파리의 보석들을 꺼내
보여드릴게요.

bijoux de France

파리의 보석들

PRIÈRE DE REMETTRE LES LIVRES À LEUR PLACE

Merci de déposer
les ouvrages sur
les chariots à votre
disposition dans
la salle.

아빠를 위한 도서관

지난 1월 11일은 아버지가 돌아가시고 처음 맞은 당신의 생신이었다. 다이어리에 적어둔 '아빠 생일'이라는 문구를 보면서 나는 문득 도서관에 가고 싶어졌다. 남다른 교육열 덕분에 어릴 때부터 부모님과 떨어져 도시에서 학교를 다녔던 내게 아빠는 편지로 당신의 책 사랑을 전수했다.

매주 아빠가 선정한 책을 읽고 독후감을 써서 편지로 보내면 답장이 왔다. 돌이켜보면 아빠의 책 선정은 딸의 나이와 취향보다 당신의 기호와 당대의 독서 트렌드에 기울어져 있었다. 막심 고리키의 『어머니』를 읽은 초등학생의 감상이란 차르의 헌병과 공장주는 나쁜 놈, 사회주의자들과 노동자는 우리 편이라는 지극히 단순한 수준이었음에도 아빠는 줄기차게 두툼한 러시아 소설들을 필독서로 선정했다.

덕분에 나는 성인이 되어 다시 읽어보기 전까지 톨스토이의 『안나 카레니나』를 예쁜 드레스와 무도회가 잔뜩 나오는 소설로만 기억하고 있었다! 어느 모로 보나 아이에게 권장할 만한 도서 선정은 아니었어도 아빠에게 잘 보이고 싶었던 나는 열심히 책을

bon vivant

bijoux de France

읽었고, 독후감을 썼고, 덕분에 활자 중독자가 되었다. 부모가 자식에게 남길 수 있는 유산은 여러 가지가 있겠지만, 아빠가 나에게 남긴 것은 책에 대한 순정이었다.

아빠와는 한 번도 가보지 못했지만 그럼에도 당신이 좋아할 거라고 확신이 드는 도서관은 여럿이다. 무엇보다 아빠는 프랑스 국립도서관의 오발 룸$^{salle\ ovale}$을 좋아했을 거다. 프랑스 국립도서관은 파리 시내에 여러 분관을 가지고 있는데 오발 룸은 팔레 루아얄 정원 뒤편의 리슐리외 도서관$^{Bibliothèque\ Richelieu}$ 안에 있다.

오랜 공사를 거쳐 일반에게 공개되면서 오발 룸에는 '나만 알고 싶은 파리 포토존'이라는 별명이 붙었다. 18미터나 되는 높은 천장에는 바깥 날씨를 짐작할 수 있는 거대한 유리창이 달려 있고, 벽을 따라 4층으로 층층이 쌓은 책장들이 펼쳐져 있다. 그야말로 영화 〈인디아나 존스〉에나 나올 법한 풍경이다.

하지만 자주 드나들게 되면 그야말로 '이런 풍경 따위!'라는 심정이 된다. 한때 이곳은 국립미술사학회 전용 도서관으로 사용돼 나 역시 논문의 태반을 이곳에서 썼다. 이런 이야기를 하면 '어머 너무 좋은 학창 시절을 보내셨네요' 같은 소리를 듣기 일쑤지만 현실은 그렇지 않았다. 당시 오발 룸을 드나들던 학생들의 필수품은 다름 아닌 핫팩이었다. 천장이 너무 높아서 아무리 난방을 해도 손가락이 곱을 정도로 추웠던 것이다!

언 손을 비비며 안 풀리는 논문을 노려보고 있으면 자책과 회의가 밀려왔다. 그럴 때면 천장에 적힌 16개의 도시 이름을 멍하니 쳐다보며 마음을 달랬다. 바빌론, 예수살렘, 베이징…
위대한 도서관을 가진 문명 도시들이 북극성처럼 머리 위에서
반짝였다. 언젠가는 가볼 수 있을까? 그 이름들을 볼 때마다 막
연한 동경과 알 수 없는 그리움이 돋아났다. 그건 배를 타고 나
일강을 따라내려가 이집트 사원들을 구경하고, 몽골의 초원을
말로 달렸던 아빠가 편지에 실어 보냈던 마음, 그 떨리는 공기와
똑같았다. 그래서 나는 감히 아빠 역시 나처럼 오발 룸의 의자
에 걸터앉아 천장의 도시 이름을 보면 자기도 모르게 한숨을 포
옥 쉴 거라고 믿는다.

'크면 고고학자가 되렴.'
아빠는 당신의 취향을 딸의 머릿속에 또렷이 남겼다. 로마,
메소포타미아, 이집트 같은 고대사에 대한 무조건적인 애정은
나에게 남은 아빠의 발자취다. 어쩌면 그 때문에 나는 파리에
당도할 수 있었던 건지도 모르겠다.
백 년이 하루 같은 도시, 나는 1950년대에 지어진 건물을 태연
자약하게 '현대식 건물'이라 부르는 이 도시가 처음부터 좋았다.
17, 18세기가 남긴 유적들을 품고 2024년을 살아가는 파리에서
역사란 연속적인 시간의 집합일 뿐 아니라 지금 이 순간, 매초마
다 쌓여가는 현재다.
고고학자가 되지는 못했지만 현재가 순식간에 과거가 되
는 이 도시에서 나는 사라진 시간들을 추모하기에 더없이 적절
한 장소인 마자랭 도서관Bibliothèque Mazarine을 자주 찾는다. 마자

랭 도서관은 이름만 듣고도 짐작할 수 있듯이 루이 14세의 재상이었던 마자랭의 개인 도서관으로 출발했다. 도서관 건물 자체가 아예 마자랭의 저택이었는데 17세기 프랑스에서 루이 14세보다 돈이 많았던 재상답게 도서관 내부는 호화롭기 그지없다. 로마 시대 조각상들이 내려다보고 있는 둥근 대리석 계단을 올라 'MAZARINAEA'이라는 옛 주인의 이름을 금박으로 새겨 넣은 문 앞에 이르면 여기가 리츠 호텔인가 싶을 정도다.

그러나 이곳의 진정한 주인공은 화려한 내부 장식이 아니다. 이 도서관에서 세 시간 이상 엉덩이를 붙이고 앉아 있는 사람만이 알 수 있는 마자랭 도서관의 터줏대감은 수백 년 동안 한결같이 구석에 놓여 있던 18세기 괘종시계다. 심지어 지금도 매 30분마다 종을 울린다. 댕댕, 책을 보다 문득 종소리가 들리면 타임 머신을 손에 쥔 듯한 기분이 된다. 고고학자의 삽과 붓 대신 나에게는 지극히 바로크적인 소리를 내는 괘종시계와 책이 있다. 낡은 종잇장 속의 수많은 이야기들을 눈으로 쓰다듬으며 보내는 나의 하루를 아빠는 틀림없이 좋아했을 거다.

몽골을 여행하기 위해 지인들과 함께 승마를 배우고, 마침내 말을 타고 몽골의 초원을 동서남북 누빈 아빠는 고급 말 안장을 특히 좋아했다. 그런 아빠에게 보여주고 싶은 도서관도 있다. 파리 시청 꼭대기, 지붕 아래 숨어 있는 파리 시청도서관^{Bibliothèque} ^{de l'Hôtel de Ville}이다. 세상에 이렇게 불친절할 수가, 한탄이 절로 나오는 경비실을 통과해 덜컹거리는 엘리베이터를 타고 미로 같은 파리 시청의 복도를 지나는 동안 아빠는 프랑스 관공서의 악명을

bon vivant

bijoux de France

살짝이나마 체험하게 될 것이다.

하지만 열람실이라는 팻말이 붙은 문을 여는 순간, 이 도시에서 살기로 선택한 나의 결정을 이해하실 거다. 우아하고 고전적인 조명 아래 손질이 잘 된 검정 송아지 가죽을 입힌 책상이 은은하게 빛난다. 수많은 사람들의 팔꿈치와 손길로 다져진 이 송아지 가죽은 에르메스 아틀리에서 만져본 장인들의 가죽보다 더 부드럽다.

금박으로 압인된 자리 번호와 발자국 소리가 나지 않는 두툼한 양탄자, 책장마다 걸려 있는 노란등, 이 도서관은 파리의 밤거리를 똑 닮았다. 그 밤거리를 함께 걸으며 아빠와 나는 수많은 이야기를 할 수 있었을 텐데….

그리고 나는 마지막으로 아빠를 아르데코 도서관^{Bibliothèque des Arts Décoratifs}으로 모셔 갈 것이다. 그곳에는 도서관의 사면을 가득 메운 스크랩북들이 있다. 혼자서는 들지 못할 정도로 무겁고 큰 스크랩북에는 19세기부터 지금까지 출판된 신문과 잡지에서 오려낸 삽화들이 온갖 주제별로 정리되어 있다.

정성껏 가위로 오려 반듯하게 풀로 붙인 페이지들을 한 장 한 장 넘겨보면서 단정한 아빠의 글씨와 이제는 다시 듣지 못할 아빠의 목소리를 떠올린다. 세상에 대한 마르지 않는 호기심, 귀한 것은 지식이라는 믿음을 떠올린다. 책에는 돈을 아끼지 말아야 한다며 책값을 부쳐주곤 했던 아빠는 이제 세상에 없지만 나에게는 도서관이 있다.

소란스런 세상 속의 작은 우물처럼 안온한 곳, 언제 다시 돌아가도 여기 네 자리가 있다고 넉넉한 팔을 벌려주는 곳. 아빠에게 보여주지는 못했지만 당신은 이미 알고 있을 그곳.

청춘 못지않게 아름다운 노년, 다니엘

　　파리는 여행으로 왔다가 고색창연한 관광지보다 거리의 할머니, 할아버지에게 반하고 갈 만큼 보기 좋은 노년층이 많은 도시다. 나란히 손을 잡고 걷는 할아버지, 할머니의 다정한 뒷모습은 사뭇 감동적이고 카페에서 차를 마시며 책을 보는 할머니는 몰래 사진을 찍고 싶을 정도로 멋지다. 지나간 시간들이 쌓인 주름진 얼굴과 관록이 배어 나오는 태도. 어떤 노년은 청춘 못지않게 아름답다는 것을 나는 다니엘을 통해 배웠다.

　　다니엘은 우리 집에서 창을 열면 보이는 맞은편 아파트에 산다. 그러니까 우리는 오가며 마주치면 반갑게 '봉주르'를 외치는 이웃사촌이다. 다니엘의 첫인상을 좌우하는 건 간결하게 자른 커트 머리. 그녀는 외모에 크게 돈을 들이지 않지만 커트만큼은 마레의 고급 헤어숍을 고집한다. 담당 헤어 디자이너의 브르타뉴 별장에 놀러 간 적이 있을 정도로 단골이란다.

　　헤어숍은 종종 그림 전시가 열릴 만큼 아름다운 데다 담당 헤어 디자이너는 대화가 즐거울 만큼 문화적인 식견이 풍부하니 좀

bon vivant

bijoux de France

비싸도 어쩔 수 없다고 귀엽게 말하며 나에게도 미용실 전화번호를 알려주었다.

머리 외에는 특별히 외모에 신경 쓰지 않는 듯한 다니엘은 특별한 행사가 없으면 면바지와 티셔츠, 니트로 캐주얼하게 입는다. 그래도 스트라이프 티셔츠를 입고 베란다의 제라늄에 물을 주는 다니엘의 가느다란 실루엣은 젊은 날의 프랑수아즈 사강을 떠올리게 한다.

어딜 가나 자전거를 타고 다니기 때문에 신발은 늘 컨버스류의 운동화다. 젊은이들처럼 모자가 달린 바람막이에 텀블러를 꽂은 배낭을 메고 안장이 높은 자전거를 거침없이 몰고 다닌다. 어쩌다가 저녁 약속이 있거나 공연을 보러 갈 때는 핑크색 립스틱으로 멋을 낸다. 립스틱 색깔을 칭찬하면 볼을 발그레 물들이며 살짝 부끄러워한다.

일부러 멋을 내진 않았지만 집도 멋스럽다. 방 두 개짜리의 작은 아파트는 필요한 것들과 추억 어린 물건들, 좋아하는 오브제로 꾸며 간결하지만 편안한 분위기다. 손님이 오면 접대용으로 쓰는 큰 테이블에 오래된 찻주전자와 자잘한 간식거리, 골동품 접시들이 올라오는데, 사실 이 테이블은 다니엘이 평소에 사무용으로 쓰는 책상이다.

먼지가 앉지 않도록 하얀 면 수건을 덮어두는 노트북과 깨알 같은 글씨로 가득한 노트, 오래 쓴 티가 역력한 수첩, 토분에 꽂힌 색색의 필기구가 착착 정리되어 있다. 20세기 초반 스타일인 빙빙 돌아가는 회전식 나무 책꽂이, 분홍색 리본이 새겨진 태피스트리로 마감한 루이 16세풍 의자 등 가구는 모두 골동품이지만 정성스럽게 손질해 윤이 난다.

인테리어를 위해 의도적으로 구입한 것이 아니라, 여행지에서 가져온 조개껍질, 좋아하는 아트북, 인상 깊게 본 전시 포스터, 그림과 조각품이 집 안 곳곳에 정갈하게 놓여 있다. 자크 라캉의 전집과 심리학 리뷰 저널, 몽테뉴와 유르스나르의 책이 단정하게 꽂혀 있는 책꽂이와 좋아하는 시인인 프랑수아 쳉^{François Cheng}의 오래된 시집을 펼쳐놓은 전자 피아노는 먼지 한 톨 없이 말끔하다. 심지어 작은 타일(이게 얼마나 청소가 어려운지 살림해본 사람들은 알 거다)로 단장한 화장실에서는 광이 난다. 좋아하는 것들을 소중히 여기고 주변을 잘 정돈하는 사람의 단정한 향기가 코끝에 와 닿는 집이다.

은퇴하기 전에 다니엘은 청소년과 아동을 위한 복지 프로그램을 개발하는 공무원이었다. 지금 그녀는 여든 살이지만 여전히 심리 상담사로 일하며 당당히 현역으로 활동 중이다. 보수를 받지 않는 재능 기부지만 덕분에 아직도 머리가 쌩쌩하니 돈을 버는 것보다 낫다고 생각한다. 일하며 컴퓨터를 계속 사용해서 디지털 기기에도 익숙한 편이다. 코로나 이후에는 보수적인 프랑스에도 마트며 식당에 키오스크가 속속 등장했고, 세금 신고부터 은행 업무까지 인터넷으로 해야 하는 행정 처리가 늘었다. 들어도 잘 모르겠다, 대신 해달라며 하소연할 수도 있을 텐데,

모르면 물어보고 검색해서 혼자 해내려고 하는 다니엘은 참 단단하다.

다니엘은 재작년과 올해 백내장 수술과 다리 수술을 세 차례나 했다. 하지만 그럼에도 모두의 예상을 뒤엎고 주저앉지 않았다. "다니엘이 오늘도 걷고 있어!!" 그때 남편과 나의 화제는 다리를 절룩이면서도 매일 아침 운동에 나서는 다니엘이었다. 몸이 멀쩡한 우리도 귀찮아서 운동을 거르는데 누구에게도 기대지 않고 한 사람의 몫을 하며 살기 위해 다니엘은 동네를 걷고 또 걸었다. 노년이 되어 스러져가는 몸과 결연한 자세로 맞서는 그녀를 보면 응원하고 싶은 마음이 절로 생긴다.

눈물겨운 사투 끝에 다니엘은 직장에 복귀했고 올여름에는 좋아하는 피레네 산과 브르타뉴로 하이킹도 다녀왔다. 바다와 산과 개… 바캉스를 다녀와서 보여준 휴대폰 앨범에는 그녀가 좋아하는 것들이 가득하다. 노년이라서 더 소중하고 행복한 시간이었다는 것이 말하지 않아도 느껴진다.

인사도 안 하는 이웃이 넘쳐나는 파리에서 우리는 적당히 거리를 유지하며 서로를 챙긴다. 다니엘이 입원했을 때 그녀가 좋아하는 슈크림을 사다 주기도 하고 퇴원할 때는 데리러 가기도 했지만, 통상적인 의미에서 보면 그녀에 대해 아주 잘 안다고 말할 수는 없다. 사실 다니엘이 지금 여든 살이라는 것도 이 원고를 쓰기 위해 일부러 물어보아서 알게 된 것이다. 어쩌면 물어볼 필요가 없었다는 게 더 맞을지도 모르겠다.

다니엘이 지대한 관심을 가지고 있는 유기농 마켓의 현황, 동네에 새로 생긴 맛집, 요즘 가꾸는 꽃, 파리의 문화 행사, 지금 읽고 있는 책 등 다니엘의 화제는 언제나 '오늘'이다.

입만 열면 '예전에는' 또는 '내년에는' 같은 말로 과거와 미래만 이야기하는 통에 상대방을 질리게 만드는 나이든 사람의 고질적인 습관은 다니엘에게는 먼 이야기다. 그녀 덕분에 시네마테크에서 열리는 한국 영화 감독 주간, 갤러리의 9월 페스티벌, 이런저런 작가의 북 사인회를 알게 될 정도로 다니엘은 현재에 초점을 맞추고 살아간다. 그래서인지 그녀가 어떤 길을 걸어왔는지는 몰라도 그녀가 어떤 것을 좋아하는지는 잘 안다.

서로에 대해 속속들이 알지는 못해도 다니엘은 창을 열면 만날 수 있는 나의 다정한 이웃이자 친구이며 선생님이다. 그녀를 보면서 나는 용기를 얻는다. 지금보다 주름이 열 배로 늘어나고, 여기저기 아픈 나이가 되어도 늘 단정하게 자신을 가꾸는 삶을 살 수 있을 거라는. 어쩌면 가장 훌륭한 노년은 나이를 얘기할 필요가 없는 노년일지도 모르겠다. 쉽지는 않을 게다. 그렇지만 과거나 미래가 아니라 오늘을, 지금 이 순간을 충만하게 산다면 그렇게 될 수 있지 않을까.

아름다운 너의 집

11월의 어느 주말, 나와 남편은 세드릭Cedric과 프랑수아François 의 시골집에 초대 받았다. 세드릭과 나는 동창생이지만 학교에서 그를 마주친 기억은 없다. 하긴 그 시절에는 익숙지 않은 프랑스 어로 수업을 좇아가는 것만 해도 버거워 주변을 둘러볼 여유 따 윈 없었다.

그럼에도 단 한 번이라도 마주쳤다면 세드릭을 기억하지 못할 리가 없다. 구름 뒤에 숨었던 햇살이 반짝 나타나듯 환한 미소를 잊을 수 없을 테니까. 상대의 경계심을 일시에 허물어버리고 절로 입꼬리를 올라가게 만드는 눈부신 미소는 세드릭의 필살기다. 세 드릭은 정규직이 귀한 미술계에서 유명 갤러리의 큐레이터로 자 리 잡을 수 있었던 건 자신의 미소 덕분이라고 말한다. 농담 같지 만 단순히 농담으로만 치부할 수 없다. 아이 같은 순수한 미소에 열리지 않을 것만 같던 문이 열리고, 잡히지 않을 듯한 기회가 손 안에 들어오는 장면을 나는 여러 번 목격했으니까.

세드릭과 프랑수아가 파리에서 기차로 두어 시간 남짓 떨어진

시골에 세컨드 하우스를 장만한 지는 8년쯤 되었다. 그후 그들은 매 주말마다 짐을 싸 시골집으로 향한다. 파리의 사교계를 너무 사랑해 파리를 떠나서는 살 수 없을 것처럼 굴었지만 주말마다 짐을 싸 기차에 올랐던 모파상이나 마르셀 프루스트처럼.

8년이라는 시간이 흘렀지만 그들의 시골집은 여전히 공사 중이다. 집을 지어본 사람은 알겠지만 집짓기란 '자아, 끝났습니다' 하고 완결되는 것이 아니라 끊임없이 진행되는 인생 프로젝트에 가깝다. 끝날 듯하면서도 끝나지 않는 영원한 공사의 굴레 속에서 집주인들은 맥가이버에 맞먹는 손재주와 초인적인 인내를 겸비하게 된다. 게다가 이곳은 프랑스다. 간단한 전기 공사에도 사람을 부르면 가뿐히 네 자리 숫자의 청구서가 날아오는 이 나라에서는 어지간한 것은 스스로 해야 한다. 비용도 비용이지만 제대로 된 일꾼들의 빽빽한 스케줄을 기다리다가 속절없이 세월만 보내는 일이 부지기수다.

세드릭과 프랑수아 역시 마찬가지였다. 농가에 딸린 헛간이 집이라고 부를 만한 형태를 갖추는 데만 4년이 걸렸다. 그렇지만 연예인보다 더 바쁜 시골 동네의 인부 아저씨들이 돌 벽을 뚫어 창문을 만들고, 2층을 올릴 동안 그들은 전혀 조급해하지 않았다. 무엇이든 천천히 제대로 하는 게 이 커플의 스타일이다. 대들보를 보강하고, 천장에 페인트를 칠하고, 손으로 일일이 돌을 골라 채마밭을 구획하고… 해마다 조금씩 조금씩 집을 완성해간다.

최근에는 파고라를 설치했는데 이 파고라는 베르사유의 왕비

(마리 앙투아네트)가 전원 생활을 경험하기 위해 조성한 촌락에 세운 파고라를 본뜬 야심작이다. 옷을 사면 어울리는 구두가 있어야 하는 것처럼 파고라에는 파고라를 타고 올라갈 등나무와 그 아래 예쁘게 자랄 장미가 있어야 한다. 장미 하나도 아무거나 심지 않는 세드릭은 한사코 베르사유의 정원 담당자에게 이메일을 보내 파고라 밑에 심은 장미의 종류와 이름과 구입처를 확인했다.

시간과 공력을 들여 만들어가는 집들이 그렇듯 세드릭과 프랑수아의 집에서는 작은 소품 하나에도 스토리와 재치가 배어 있다. 그들은 코트 전용 먼지털이 솔이라든가 구두 모양의 변형을 막기 위해 구두 안에 넣는 원목 슈트리, 나무 테이블 전용 오일 스테인 등을 잘 다루는 사람들이다. 물건을 곱게 쓰는 것은 물론 정성 들여 손질하고 보관하는 과정 자체를 즐긴다. 물건을 존중할 줄 아는 것이다. 덕분에 세드릭과 프랑수아의 물건들은 무엇이든 멋스럽다. 프랑수아가 십 년도 넘게 입고 있는 카디건은 팔꿈치에 구멍이 나 가죽을 덧댔지만 원래 그런 것처럼 고급스러워 보인다. 이런 사람들이 대개 그렇듯 둘은 안목도 좋다.

식탁으로 쓰고 있는 멋들어진 농가 테이블은 세드릭이 프랑스 판 당근마켓인 봉쿠앙le boncoin에서 찾아낸 것이다. 바탕의 나무색이 드러나도록 락스를 뿌려 니스를 말끔히 제거하고 무광택 오일을 칠했다. 이 농가 테이블이 너무나 탐난 나머지 나도 한동안 열심히 봉쿠앙을 들여다보았지만 헛수고였다. 기어코 세드릭의 테이블과 꼭 닮은 테이블을 찾아냈지만 다섯 배나 더 비싼 가격을 치렀다. 이 테이블과 매우 잘 어울리는 식탁 의자는 오래전 프랑

수아가 길에서 주워 왔다. 안장 부분에 구멍이 뻥 뚫린 의자를 수리해 여전히 곱게 쓰고 있는데 얼마나 손질을 잘 했는지 스칸디나비아 디자이너의 작품처럼 보인다. 왜 이런 보물이 내 눈에는 띄지 않는 걸까!!

이 집이 지금의 모습을 갖추는 데는 나도 살짝 기여했다. 세드릭은 잊을 만하면 조명이나 타일 사진을 보내 의견을 물어왔다. 우리는 함께 소파의 색깔이나 벽난로의 모양에 대해 고민했다. 싱크대 손잡이와 화장실 타일에 대해서는 몇 시간이나 수다를 떨어도 모자랐다. 세드릭이 계단 도면을 그릴 때는 함께 베르사유에도 다녀왔다. 우리는 다른 관람객의 의아한 시선을 무시한 채 줄자를 펴들고 계단 장식의 길이를 쟀다. 가구와 철제 기물을 만드는 전문 장인 두 사람이 완성한 계단은 바람에 휘날리는 드레스 자락처럼 우아하다. 한 해 동안 여행을 가지 못할 정도로 적잖은 비용과 2년이 넘는 시간이 들었지만 괜찮다. 계단 아래에 놓아둔 호박 더미마저 예뻐 보일 정도로 아름다운 계단이니까.

그사이 이 집은 나에게도 조카 같은 집이 되었다. 어느 순간 돌아보면 머리 하나는 더 자라 있는 기특한 조카처럼 나날이 달라지는 집. 해마다 이 집에서 열리는 생일 파티에 참석하고 이렇게 가끔 주말에 놀러 오면서 조금씩 변화하는 이 집의 여정을 대견하게 바라본다.

가을이 내린 주말, 세드릭이 호박을 자르고 렌틸콩을 요리할 동안 프랑수아는 이 집만큼 오래된 주철 난로에 불을 지핀다. 나

는 난로 앞에 의자를 가져다 놓고 타탁타닥 타오르는 불길을 바라보며 차를 마신다. 프랑수아의 감미로운 피아노 연주가 울려 퍼진다.

아아… 내가 가장 좋아하는 집은 어처구니없게도 내 집이 아니다. 그 집은 세드릭과 프랑수아의 시골집이다. 자연스레 놓아둔 장작 더미마저도 사진에 담고 싶을 정도로 멋진. 아아, 너무나 아름다운 너의 집.

Bon Voyage

간단하게 가방을 싸
기차에 몸을 싣는
파리지엔처럼
느릿느릿 낯 모르는
골목을 걷는 여행자처럼
우리 떠나요.

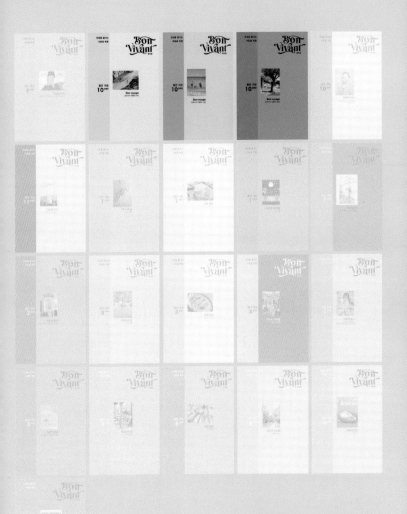

Bon voyage

구석에서 찾아낸 뱅 존의 고향
쥐라

부르고뉴의 본에서 '페르세 뒤 뱅 존^{percée du v in jaune}' 행사가 열리는 쥐라의 아르부아까지 고작 1시간 30분을 달렸을 뿐인데 차창 너머의 풍경이 완전히 변했다. 쥐라는 프랑스의 강원도라고나 할까. '여기서부터 산악 지대입니다'라고 외치듯 반듯했던 길이 고불고불해지고 저 멀리 산봉우리가 나타나기 시작했다.

귀부인 같던 집들은 어느새 눈이 잘 흘러내릴 수 있도록 고안된 뾰족한 기와 지붕에 창문이 작고 천장이 높은 요새 같은 집들로 변했다. 산으로 올라가는 완만한 구릉에는 그 유명한 쥐라의 뱅 존을 만드는 포도밭들이 보기 좋게 자리 잡고 있었다.

강원도 하면 막국수와 닭갈비를 떠올리듯 프랑스인에게 쥐라는 뱅 존과 콩테의 고장이다.(콩테와 겨울에만 맛볼 수 있는 즐거움인 몽도르 치즈 이야기는 봉비방 1월 둘째 주 '지은 집밥' 편을 읽어보세요.) 뱅 존은 오로지 사바냥^{savagnin}이라는 한 가지 품종의 포도를 참나무 통에 넣어 6년 3개월을 숙성시킨 와인이다. 화이트도 레드도 아닌 따스한 노란빛이라 '노란 와인'이라는 이름이 붙었다. 입에 넣으면 처음에는 레몬을 닮은 신맛이 감돌다가 곧 담백한 호두

La Percée du Vin Jaune

ARBOIS
26e édition

맛이 가득 퍼진다. 어떻게 포도에서 이런 맛이 나지? 싶을 정도로 드라마틱한 변화다.

페르세 뒤 뱅 존 행사는 그해 숙성이 완료된 뱅 존을 처음 오픈하는 행사로 일 년에 한 번 2월에 쥐라의 작은 마을을 돌아가며 열린다. 뱅 존을 비롯한 쥐라 와인의 인기가 날로 높아져서인지 올해 행사는 표를 구하는 것부터 쉽지 않았다. 아니나 다를까 행사가 열리는 아르부아 마을이 너무 작아서 근처의 다른 마을에 차를 대고 셔틀버스를 타고 들어가야 했는데 이른 아침부터 이미 주차장은 만석이었다.

프랑스답게 행사 조직력은 빵점에 가까워서 결국 오전의 메인 행사는 놓치고 말았다. 그렇지만 추위 속에서 한 시간이 넘는 주차 전쟁을 치렀는데도 셔틀버스 안은 설레는 얼굴로 가득했다. 다 큰 어른들이 수학여행을 가는 중학생들처럼 지지배배 수다를 떨며 포도밭이 나올 때마다 사진을 찍느라 와작거렸다.

마을 입구 부스에서 표를 내면 시음용 잔과 시음권이 든 노란 가방을 주는데 행사 진행 요원들은 모두 이 근처에 사는 자원봉사자들이다. '우리 지방에서 열리는 축제니까 잘 돼야지'라는 마음으로 자원하는 만큼 힘찬 응원의 기운이 폴폴 풍긴다. 지방 축제는 역시 어딘가 적당히 허술하고 촌스러워야 더 재밌다.

평소에는 인적이 드문 아르부아 마을이건만 행사 날은 북적북적 활기를 띠며 온통 노란색의 물결이었다. 골목마다 사바냥, 샤르도네 같은 플래카드가 걸려 있는데 마을회관에서 단체로 만들었나 싶을 정도로 투박해서 오히려 정겨웠다. 손으로 오려 만든 와인 병과 노란 종이꽃을 집집마다 걸어둔 것도 좋았다.

역시 먹는 것을 좋아하는 나는 와인 시음 부스보다 브레스산 닭이니 콩테, 모르비에morbier 치즈 등 쥐라 특산물 협회의 홍보 부스와 온갖 먹거리 판매대에 더 관심이 갔다. 하도 유명해서 딱히 홍보하기 위해서라기보다 주말 여흥으로 출동하신 게 틀림없는 브레스 닭협회 할아버지들은 멋진 전통 복장을 갖춰 입고 깃발까지 들고 나와 사진을 찍어주느라 정신이 없었다. 군밤이나 핫초코, 와플 같은 간단한 간식거리부터 달팽이, 이 동네 특선 요리인 뱅 존과 모릴 버섯을 넣은 닭 크림 스튜, 뱅 존을 흠뻑 뿌린 파스타 같은 본격적인 요리까지 여기저기서 맛있는 냄새가 발길을 붙잡았다.

행사에 참여한 51개 와인 메이커들의 시음 코너는 마을 여기저기에 흩어져 있었다. 겨울이 길고 혹독한 지방이라서 보통 쥐라의 전통 가옥에는 먹거리와 와인, 장작을 저장해두는 큰 지하실이 딸려 있다. 이를 이용해 지하에 시음대를 차려놓은 곳들이 많았다. 와인을 마시면서 건물 구경까지 할 수 있으니 일석이조랄까. 유명 와인 메이커 시음대에는 긴 줄이 늘어섰는데 기발하고 요란하게 치장한 사람들을 구경하느라 지루한 줄 몰랐다. 이런 행사가 대개 그렇듯 시간이 지날수록 거리에 빈 와인 병이 산더미처럼 쌓여가면서 흥겨운 분위기가 둥실 온 마을을 덮었다.

와인을 마셔가며 길을 걷던 사람들은 급기야 도로 한가운데를 점령하고 노래를 부르며 춤을 췄다. 과연 흥으로 따지면 우리나라 사람 뺨치는 흥부자 프랑스인들이다. '이런 날 음주 단속을

하면 엄청날 텐데', '주최측에서 단속 못 하게 압력을 넣었을까?'
마을을 빠져나오는데 역시 경찰 한 명 보이지 않았다. 경찰들도
축제에 참석해 신나게 먹고 마시는 게 분명했다.

그날 우리의 숙소는 차로 50분쯤 떨어진 산속의 농가 B&B였
다. 저녁 무렵이 되면서 짙은 안개가 내려앉은 도로는 한 치 앞도
보이지 않았다. 하얀 도로에 어슴푸레 다가오는 나무들을 꿈속
인 양 더듬으면서 우리는 산속 깊숙이 차를 몰았다.

나의 특출난 재능 중 하나는 아무것도 아닌 곳을 찾아내는 능
력이다. 남편의 표현에 따르면 유명한 관광지에서도 외진 '구석',
그러니까 숨어 있는 숙소를 용케 찾아내 예약을 한다. 그런 곳들
에 뭔가 특징이 있는 것도 아니다. 그냥 이곳이면 괜찮겠군, 하는
촉이 와서 가보면 늘 어떻게 이런 곳이 있을까 싶을 정도로 '구석'
이다. 그날의 숙소도 그랬다. 전나무 숲 사이로 구불구불 휘어지
는 도로를 따라 한참을 달려 지도에도 나올까 말까 한 작은 마을
의 외곽에 도착했다.

그렇지만 남편의 '구석' 타령은 잘 보존된 농가의 문을 열자마
자 쑥 들어갔다. 고색창연한 돌로 만들어진 진짜 벽난로에서는
향기로운 장작이 타닥타닥 타오르고 푹신한 소파에는 멋들어진
개가 앉아 있었다. 진작 만실이 되었음에도 부킹닷컴의 오류로
우리의 예약을 취소할 수 없었던 주인 부부는 우리에게 부엌이
딸린 독채를 방 하나 값으로 내주는 친절을 베풀었다. 때로는 오
류가 행운을 가져다주기도 한다! 알고 보니 사람 좋아 보이는 주

인아저씨는 20년 동안 이 부근에서 유일한 미슐랭 2스타 식당의 수석 셰프를 하다 퇴직했다고 한다.

원래 투숙객은 옛날식 오븐을 갖춘 부엌에서 아저씨가 해주는 저녁을 먹을 수 있는데 그날은 저녁 예약이 꽉 차 대접하지 못한다고 미안해했다. 가만 보니 우리 외에 이 B&B에 머무는 손님들은 나이가 지긋한 단골 고객들이었다. 간식으로 나오는 올리브가 든 케이크를 먹어보곤 너무 맛있어서 일찍 예약하지 않은 게 후회되었다. 어쩔 수 없지 하며 아쉬워하는 우리에게 주인 부부는 동네 식당을 추천했다.

그 식당은 숙소에서 30분 정도 걸어가면 나오는 이 마을에 딱 하나밖에 없는 식당이었다. 밤이 내려앉은 거리는 모퉁이에서 늑대 한 마리가 홀연히 나타나도 이상하지 않을 정도로 텅 비어 있었다. 모두들 덧문을 닫아걸고 벽난로 앞에서 술잔을 기울이고 있는 걸까? 식당이 영업을 하긴 하는 거겠지? 저 멀리 서 있는 등대처럼 희미한 불빛이 새어 나오는 식당을 향해 걸으며 뭉게뭉게 피어오르는 불안감을 애써 눌렀다.

그런데 이럴 수가. 튼실한 장작불이 신나게 타오르고 구리 냄비가 여기저기 걸려 있는 식당 안은 사람들로 꽉 차 있었다! 어머나, 이 동네 사람들이 다 이 식당에 몰려왔나 봐. 너무 의외의 풍경이라 연극 무대에 끌려 들어온 기분마저 들었다. 외진 동네에 하나밖에 없는 평범한 식당이 미어터질 수도 있구나….

문득 오는 길에 운 좋게 만났던 내추럴 와인 메이커 피에르 오

베르누아 Pierre Overnoy 할아버지가 떠올랐다. 런던이며 파리에서 한 병에 백만 원이 훌쩍 넘는 힙한 와인을 만드는 할아버지는 포도밭에서 일하던 차림 그대로 방문객을 맞았다. o와 a에 힘을 주어 발음하는 투박한 쥐라식 사투리를 구사하는 할아버지는 포도를 따고 가꾸는 일에만 관심이 있는 듯했다.

낡은 스웨터를 입고 매일 날씨를 가늠하는 할아버지에게 자신이 만든 와인 사진이 근사하게 등장하는 인스타그램 피드 따위는 별 의미가 없었다. 그저 올해의 와인이 잘 만들어지면 그것으로 족했다. 들에서 일을 많이 해 얼굴이 붉고 어깨가 넓은 사람들, 딱 보아도 몸으로 산과 들을 안고 살아가는 오베르누아 할아버지 같은 손님들이 식당을 가득 메우고 있었다. 다들 서로 아는 사이인 듯 테이블을 오가며 인사를 하느라 식당 안은 시끌벅적했다. 늑대가 아닌가 싶게 큰 개도 두 마리 있었는데 주인들과는 달리 바닥에 누워 심드렁한 표정을 짓고 있었다. 작고 단단한 몸집의 식당 주인은 우리의 사정을 헤아린 듯 테이블을 옮겨 벽난로 가까운 곳에 자리를 만들어주었다.

그 식당에서 우리는 콩테 퐁뒤를 먹었다. 보통 퐁뒤는 여러 가지 치즈를 섞어서 만드는데 순수한 콩테만으로 퐁뒤를 하는 경우는 매우 드물다. 게다가 일인당 단돈 18유로라니!! 집에서나 쓰는 듯한 주황색 주철 냄비가 올려진 작은 가스버너가 나왔다. 냄비 안에 가득 든 치즈가 보글보글 끓자 주인 아저씨는 불을 줄이면서 셰리 주가 가득 담긴 종지를 가져다주었다. 한 바구니 잔뜩 나온 딱딱하게 구운 바게트 조각을 셰리 주에 담궜다가 퐁뒤에 넣어 먹으면 맛있다면서.

아아, 고소한 콩테 치즈에 굵은 체리가 절로 떠오르는 셰리 주가 섞인 그 향과 맛이란. 여태껏 먹었던 퐁뒤는 다 무엇일까. 살짝 느끼함이 감돌면 잔 겉면에 송골송골 물방울이 맺힌 차가운 화이트 와인을 한 모금 들이켰다. 차가운 겨울 밤공기를 닮은 와인 덕분에 정신이 번쩍 났다. 그렇게 남편과 나는 절대로 다 먹지 못할 것 같았던 바게트 한 바구니를 다 먹어 치우고 햄과 샐러드까지 먹었다. 퐁뒤의 마지막은 우리의 볶음밥처럼 달걀을 톡 깨 넣고 휘휘 저어 마무리하는 것이었는데 우리는 그마저도 싹싹 긁어 먹었다.

다음 날 아침 일찍 숙소의 주인아저씨가 알려준 뒷산으로 가벼운 산행을 나섰다. 처음 만나는 쥐라의 겨울 숲에는 물이 많았다. 경쾌한 소리를 내는 폭포가 작은 강을 이루며 아래로 흘러내렸다. 청정한 산소가 뿜어 나올 듯한 거대한 전나무들이 호위병처럼 촘촘히 폭포를 둘러싸고 있었다. 물줄기가 스쳐 가는 곳마다 초록이 에메랄드처럼 반짝이는 이끼가 자랐다.

그 산을 보고서야 비로소 나는 쥐라에서 맛본 뱅 존과 와인, 콩테 치즈와 퐁뒤, 샤퀴테리와 채소가 어디에서 왔는지 알 것 같았다. 투명하고 차가운 물, 산 위에서 암벽을 따라 조금씩 모이고 고여 하얀 폭포로 부서지는 이 맑은 물이 풀을 키워 소를 먹이고 포도나무 뿌리를 적신다. 그리고 봄이 오면 색색의 아름다운 들꽃들도 키워내겠지.

숙소로 돌아와 B&B 주인 부부가 직접 채취한 꿀에 역시 직접 키워 만든 살구잼을 먹으면서 우리는 5월의 산행을 미리 예약했다. 워낭 소리가 산 위에서 울려 퍼질 쥐라의 봄, 쥐라의 물이 만들어낼 자연의 기적을 찬미하기 위하여. B&B 셰프의 맛난 저녁을 먹어보기 위하여.

bon vivant

Bon voyage

이곳은 프로방스

"로비옹에 있다고? 그 동네에 이 근방에서 제일 맛있는 빵집이 있다는 건 알고 있어? 모른다고? 이럴 수가. 크루트 셀레스트 La Croûte Céleste라고 있어. 줄 서야 돼. 일찍 가… 가만 보자, 산책은 어디로 간다고?"

프로방스의 작은 마을 쿠스틀레 Coustellet의 주말 시장에서 마주친 뱅상은 속사포 같은 말투로 현지인만 아는 알짜 정보를 쏟아냈다. 꼭 가봐야 할 곳의 이름을 말할 때는 연신 손가락을 세워가면서…. 어디를 봐도 프로방스의 시장보다 파리 바스티유의 주말 시장에 더 어울리는 뱅상에게서는 도회적인 분위기가 물씬 풍겼다. 스카프를 두른 멋진 밀짚 모자, 적당히 낡은 아디다스 운동화, 밑단을 접은 APC 청바지, 소개를 받지 않았다면 프로방스 별장으로 휴가를 보내러 온 파리지엔으로 착각했을 정도다.

그렇지만 입만 열면 놀라운 넉살을 자랑하는 뱅상은 직장에서 만난 동료, 그러니까 친구라기보다 지인에 가까운 사이임에도 다음 날 페탕크도 칠 겸 집 구경을 하러 오라는 초대까지 뚝딱 마쳤다. 더욱이 어른 일곱에 딱 봐도 정신없는 애들 셋이 딸려 있어서 식당에서도 환영받기 어려운 우리 일행 전체를 말이다.

프로방스 붐을 일으킨 세계적인 베스트셀러 『나의 프로방스』 에서 작가 피터 메일은 프로방스가 캘리포니아가 될 거라고 걱정을 늘어놓았다. 그게 1989년이다! 그로부터 35년이 흐르는 동안 프로방스는 프랑스인들조차 어지간히 주머니가 두둑하지 않으면 집을 살 엄두가 안 나는 동네가 되었다.

우리가 빌린 집의 주인은 새 집을 또 지을 작정으로 맞은편의 올리브나무 밭을 사들이는 데 6백만 유로를 줬다고 태연하게 말했다. 파리만 벗어나면 놀랄 만큼 땅값이 저렴한 프랑스에서 콧구멍만 한 헛간도 엄청난 가격에 거래되는 동네가 바로 프로방스다. 그렇지만 이런 세속적인 계산은 프로방스의 풍경을 마주하는 순간 속절없이 무너지고 만다.

인도도 없는 도로를 줄줄이 내려가서 나란히 사진을 찍는 관광객들을 비웃다가도 막상 세월에 빛이 바랜 연한 핑크빛 집들이 산을 따라 층층이 들어선 마을, 고르드가 눈앞에 선물처럼 펼쳐지면 나도 모르게 휴대폰을 들이밀게 된다.

파리에서는 아직도 회색 구름이 깔려 있고 심지어 하루에 우박이 두 번이나 내리는 4월 말인데도 구름 한 점 없는 파란 하늘 아래 곱게 깐 융단처럼 펼쳐진 초록 벌판, 지천으로 피어 있는 꽃, 아무렇게나 팍팍 찍어도 그림이 되는 풍경을 보는 순간 프로방스를 예찬하지 않을 수 없게 된다.

마침 뱅상의 집은 작가 피터 메일의 집에서 멀지 않은 중세풍의 언덕 마을인 메네르브에 있었다. 정확히는 메네르브에서도 위쪽, 그러니까 산꼭대기에 들어앉은 교회로 가는 오르막길 초입이었다. 오후의 햇살을 맞으며 현관문을 열어놓고 길옆 돌담에 앉아 우리를 기다리는 뱅상의 모습이 어찌나 그럴싸하던지, '그림이네 그림이야' 하는 감탄이 절로 나왔다.

파리에서 프로듀서로 일하던 그가 5대째 내려오는 이 집을 물려받게 된 것은 하필 코로나 때였다고 한다. 파리의 아파트에서 격리되는 것보다는 나으니까 울며 겨자 먹기로 머물기 시작한 이 집이 이제는 그의 진짜 주거지이자 정다운 자기 집이 되었다.

몇 백 년 동안 바람과 햇살을 견뎌온 탓에 연회색과 핑크빛으로 근사하게 바랜 뱅상의 스위트 홈은 4층짜리 건물이다! 프로방스의 오래된 집들이 그렇듯 1층에는 햇볕이 하나도 들지 않는 포도주 저장고와 우물, 작은 마당이 있다. 두께가 1미터도 넘는 돌벽으로 말소리가 휑하니 울릴 정도로 큰 포도주 저장고에는 장정 서너 명이 들어가도 넉넉할 만한 돌 목욕탕이 있는데 로마 시대의 유적이라고 한다. 아이고야! 여느 프로방스의 집처럼 이 집도 처음에는 2층짜리의 단출한 주택이었다고 한다. 자손들이 하나둘 늘어날 때마다 증축을 거듭하다가 지금의 모습이 되었다.

우리는 뱅상의 안내로 성을 둘러보는 단체 관광객처럼 가족의 초상화가 근엄하게 걸려 있는 복도를 따라 뱅상의 서재와 침실, 온갖 골동품이 층층이 쌓여 있는 다락방과 벨벳 쿠션이 딸린 소파가 있는 꼭대기층의 테라스까지 집 안을 샅샅이 둘러보았다.

방방을 드나들 때마다 밖으로는 프로방스의 풍경이 배경처럼 펼쳐졌다. 바닥도 벽면도 오랫동안 보수 공사를 하지 않아서 여기저기 헐었지만, 하도 오르내려 움푹 팬 아슬아슬한 돌 계단과 테라코타 오커 색의 흙 타일이 깔린 바닥까지 가족의 소박한 생활이 스며 있는 뱅상의 집은 자연스럽고 편안했다.

그는 2층에 남아도는 침실들을 고쳐 올해 여름부터 'B&B maison joly'를 시작한다고 했다. 벌써 이름을 수놓은 쿠션보를 액자에 넣어 현관에 걸어놓았다. '과연 잘 될까' 하면서 걱정을 늘어놓기에 '잘 되고 말고요'라며 호언장담했다. 고르드에서 제일 유명한 에렐 호텔처럼 말끔하게 꾸며진, 잡지에 나오는 반지르르한 숙소보다 진짜 프로방스의 삶을 느낄 수 있는 집이니까.

뱅상은 이미 준비된 호스트였다. 페탕크 쇠공이 든 주머니와 로제 와인, 프로방스인들이 사랑해 마지않는 아니스 향 가득한 파스티스, 올리브를 넣은 프로방스식 막대 과자에 찍어 먹을 염소 치즈 한 그릇, 말린 소시지, 땅콩에 시골빵이 든 바구니가 어디선가 나타났다.

해가 뉘엿뉘엿 지며 돌바닥에 노랗고 긴 그림자를 드리우는 시간에 우리는 뱅상을 따라 마을 꼭대기로 올라갔다. 앞이 확 트인 예배당 앞에는 페탕크를 하면 딱 좋을 모래바닥에 벤치가 놓인 작은 광장이 있었다. 아래로는 보기 좋게 사이프러스 나무가 점점이 박혀 있고 마스^{mas}라고 불리는 고상한 프로방스의 농가 별장들이 그림처럼 올라간 초록의 바다가 펼쳐져 있었다. 그 사이사이 프로방스의 상징과도 같은 라벤더 밭이 줄무늬를 그렸다.

6월이 되어 라벤더가 보랏빛으로 물들면 또 얼마나 아름다울까. 뱅상은 우리의 호들갑스러운 수다를 듣더니 피식 웃으며 말했다.

"저 라벤더는 원래 저기 있던 게 아니라 관광객을 위해 심은 거야. 라벤더 동네는 알피유^{alphilles} 너머라고."

그렇다. 겉모습은 파리지엔이지만 그는 좁은 프로방스 안에서도 알피유 산맥과 뤼베롱 산맥으로 동네를 구분하는 프로방스인이었던 것이다. 지도상으로 프로방스는 마르세유에서 멀지 않은데다 행정 구역도 같지만 프로방스인들은 마르세유를 프로방스라고 부르면 정색을 한다. 그들은 니스나 칸, 그리고 니스 뒤편의 산악 지역까지 모조리 프로방스라고 부르는 만행에 진지하게 화를 낸다. 어디가 과연 진정한 프로방스냐를 두고 떠들썩하게 토론을 벌이면서 부지런히 쇠공을 던지고, 중간중간에 로제 와인과 파스티스를 들이켜고, 소시지를 우물우물 먹는다.

그러는 사이 교회 벽에 거대한 추상화처럼 드리운 나무 그림자는 점점 짙어져 갔다. 어디선가 바람이 불어와 교회 옆의 오래된 묘지에 무성하게 자란 강아지풀을 으스스 눕혔다. 나뭇잎이 춤을 추고 저 멀리 하늘이 빨간색의 칵테일처럼 물들었다. 공기가 맑고 건조한 곳에서만 볼 수 있는 잊을 수 없는 노을이었다.

우리는 엄마가 기다리는 집으로 돌아가는 어린아이들처럼 터덜터덜 언덕을 내려왔다. 그 순간 이 광경을 오래 기억하게 되리라는 예감이 들었다. 아아, 이곳은 프로방스다. 영화로, 책으로, 사진으로 아무리 우려먹어도 절대로 바래지 않는 아름다움이 머무는 곳.

종착역은 마르세유

"종착역은 마르세유, 마르세유 생샤를 역입니다."

안내 방송이 나오자마자 승객들은 일제히 일어나 서둘러 짐을 챙긴다. 누가 프랑스인들을 여유롭다고 했나. 기차가 플랫폼에 들어서기도 전에 복도에 줄을 선 사람들 사이로 조급함이 밀려온다.

마르세유는 극단적으로 호불호가 갈리는 도시다. '살 만한 곳이지' 같은 미지근한 반응은 좀처럼 볼 수 없다. '돈을 줘도 안 갈 거야'와 '너무너무 좋아해요' 둘 중 하나다. 나로 말할 것 같으면 마르세유를 매우 좋아하는 쪽이다.

마르세유는 첫 관문인 생샤를 역에서부터 방문객들의 기를 죽인다. 열차에서 막 내린 승객들을 맞이하는 것은 사방에 굴러다니는 쓰레기와 사람을 무서워하지 않는 비둘기 떼다. 그래도 이 정도면 양반이다. 청소부들이 파업이라도 하면 상황은 매우 심각해지는데 잊을 만하면 파업을 한다! 역 구석구석에는 당장 힙색에서 마약을 꺼내도 이상하지 않을 듯한 수상쩍은 양아치들이 진을 치고 있다.

그들을 예의 주시하며 역에서 나오는 순간, 순도 백퍼센트의 강렬한 햇볕이 등짝을 강타한다. 저 멀리 마르세유 어디에서나 보이는 성당 라 본 메르La Bonne Mère의 금빛 성모상이 나를 맞이한다. 옛날 마르세유 선원들은 언덕 위 성당 꼭대기에 매달린 이 성모상을 보고서야 집에 돌아왔다는 것을 실감했다고 한다. 여전히 금빛 성모님은 온갖 사연으로 들끓는 속 시끄러운 이 도시를 포근하게 감싸듯 굽어보고 있다.

마르세유 기차역의 명물은 요란한 돌 조각상과 등대 장식이 달린, 쓸데없이 창대한 계단이다. "내가 말이지 왕년에는 배를 타고 여자깨나 후렸지", 싸구려 선글라스에 굵은 목걸이를 한, 항구 도시 어디에나 있는 양아치가 떠오른다. 그들의 허풍과 허장성세를 호의적으로 바라볼 수 있다면 당신은 마르세유를 사랑할 수 있을 것이다.

바다를 향해 열린 도시에 왔으니 바다에 가야지. 그렇지만 바다를 향한 의욕적인 발걸음은 곧 기차역과 항구 사이에 펼쳐진 거대한 시장에서 길을 잃는다. 내가 아는 한 프랑스에서 시내 한 가운데에 거대한 노천 시장이 들어선 도시는 마르세유뿐이다.

작고 뾰족한 잎이 달린 마르세유 바질과 토마토, 가지, 살구, 멜론… 온갖 채소와 과일이 햇살 아래 찬란한 색깔과 향을 뿜낸다. 그뿐이 아니다. 이민자들이 압도적으로 많은 이 시장에는 아프리카인들의 주식인 길쭉하고 긴 플랜틴Plantain 바나나와 사막의 셀러리라 할 수 있는 카르둔Cardoon, 아랍 고추와 오쿠라, 토마토를 닮은 아프리카 가지 등 이국적이고 신기한 채소와 과일이 즐비하

다. 마르세유의 맛은 여기서 나온다.

시장을 중심으로 나무의 잔뿌리처럼 뻗어 나간 좁은 골목들에는 갖가지 향신료와 올리브를 줄줄이 늘어놓고 파는 식료품점과 바구니는 물론 가방, 쟁반, 가구까지 온갖 라피아 소재의 제품으로 발 디딜 틈이 없는 가게, 남대문의 도깨비시장처럼 과자부터 세제까지 별의별 물건들을 천장까지 쌓아올린 수입 양품점과 웽웽 파리가 달려드는 생선 좌판이 끝도 없이 이어진다.

바닥에 천을 깔고 쓰레기통에서 주워 온 온갖 물건들을 파는 잡상인들과 운을 시험해보라고 권하는 야바위꾼들의 호객 소리에 정신이 쏙 빠진다. 이 난리통에도 노천 카페에서는 아침부터 전통 모자를 쓰고 나선 모로코 할아버지들이 민트 차를 연거푸 들이키며 물담배를 피우고, 기어이 좁은 골목으로 들어선 운전자와 행인들이 걸쭉한 사투리로 요란하게 설전을 벌인다.

빈틈없이 온몸을 가린 차도르를 쓴 여인과 색색깔로 치장한 아프리카 아줌마와 세련된 금발 머리 청년이 아무렇지 않게 어우러진다. 온 세상이 이 좁은 골목에 모여 앉아 있는 것만 같다.

역사가 오래된 유럽 도시들에서는 자자손손 부유하고 안정되게 살아온 대가집의 냄새가 난다. 요란하지는 않지만 몸에 걸친 모든 것들이 격조 넘치는 여자, 영화 〈아이 앰 러브〉에서 틸다 스윈턴이 연기한 밀라노의 부잣집 사모님 엠마 같다고나 할까. 2백년 된 다리, 로마 시대의 유적, 20세기 초반의 지하철… 시간이 케이크처럼 층층이 매몰된 도시에서 오늘이란 스쳐 지나가는 찰나

Bon vivant

Bon voyage

일 뿐이다.

반면 마르세유는 젊은 요리사와 사랑에 빠지면서 곱게 드라이한 머리를 싹둑 잘라버린 엠마 같은 도시다. 항구를 통해 온갖 세상 잡사들이 흘러 들어온다. 그 속에는 물론 마약, 밀매, 밀수, 불법 이민, 폭력, 가난 같은 외면하고 싶지만 엄연히 존재하는 어두운 그림자도 있다. 그 모든 것들을 포용한 도시는 자연히 부글부글 끓어오르는 거대한 솥단지가 된다. 서로 다른 문화들이 뒤섞이고 충돌하면서 만들어지는 강렬한 에너지가 사방에서 용암처럼 꿈틀댄다.

마르세유의 오늘은 좁고 긴 계단으로 이어진 동네인 파니에의 벽면을 가득 메운 그라피티와 아침마다 항구에서 잡어를 늘어놓고 파는 생선 장수의 좌판과 바캉스를 나선 이들로 가득한 배, 그 어디에나 있다.

노아유 시장 한가운데에서 오늘이 내 어깨를 잡는다. 손을 뻗어 심장 고동이 느껴질 것만 같은 오늘을 더듬는다. 가쁜 숨을 몰아쉬며 면전에서 고함을 치는 생생한 오늘이다. 나는 날것 그대로인 마르세유의 오늘, 그 활력과 혼란을 사랑한다. 수많은 삶이 만들어낸 에너지에 마음이 반짝 눈을 치켜뜬다.

바다에서 태어난 이들이 그러하듯 마르세유 사람들에게 바다란 집 앞의 슈퍼 같은 것이다. 마르세유 시내에는 해변이 하나밖에 없지만 백사장 따위는 필요하지 않다. 바로 옆에 차가 줄지어 선 도로가 있건 말건 집에서 가져온 접이식 의자를 펴고 파라솔을 차르륵 펼치면 그곳이 바로 해변이다.

까맣게 탄 건강한 아이들은 환호성을 지르며 절벽에서 뛰어내린다. 하도 햇볕을 쐬어 피부가 검은 나무껍질이 되어버린 남자들은 유유자적 낚싯대를 드리운다. 왕년의 브리짓 바르도처럼 머리에 두건을 써서 멋을 낸 여자애들은 돌에 기대어 카드를 치고, 잡지를 보며 한나절을 보낸다. 노을이 붉게 바다에 내려앉는 시간이면 기타를 들고 온 누군가가 노래를 부른다. 사랑이든 청춘이든 추억이든 살면서 모두가 잃어버리는 그 무엇에 대한 그리움들이 밤하늘로 길게 피어오른다.

마르세유 건너편에는 바다 너머로 희미하게 보이는 하얀 섬 프리울 제도가 있다. 파라솔과 아이스박스를 챙겨 들고 버스를 타듯 배를 타고 소풍을 간다. 오로지 바다와 끝없는 석회암만 있는 이 섬들의 진정한 주인은 오가는 사람들을 못마땅하게 바라보는 갈매기들이다. 심기가 불편한 시어머니 같은 갈매기들 사이로 수건을 펴고 푸른 바다로 뛰어든다. 햇볕에 달구어진 따끈따끈한 조약돌이 발가락 사이로 파고든다.

그렇지만 마르세유의 진짜 영혼을 만나기 위해서는 칼랑크 Calanques로 가야 한다. 석회암 절벽을 따라 바다가 육지로 깊게 들어온 협곡을 뜻하는 칼랑크는 마르세유의 동쪽과 서쪽을 따라 길게 이어진다. 매미 소리를 배경으로 마른 소나무 냄새로 가득한 하얀 산을 오르고 내린다. 그늘 한 점 없는 바싹 마른 산길을 한참 내려가다 보면 저 멀리 짙푸른 사파이어처럼 반짝이는 바다가 모습을 드러낸다.

물고기와 조개, 게… 수많은 생명을 키워내는 바다가 거기에 있다. 산을 내려오느라 지친 몸을 햇볕이 그물처럼 일렁이는 물결 속으로 풍덩 던진다. 휴대폰도 터지지 않는 깊숙한 칼랑크에서 얌전한 고양이처럼 나를 기다리던 여름이 후욱 달려든다. 아아, 여기는 마르세유, 영원한 여름의 종착역.

이달의 전시

오르세 미술관과 루브르
박물관은 멀리 있지
않아요.
지금 파리에서 가장
주목할 만한 전시장을
함께 거닐어요.

Exposition ce mois ci

이달의 전시

VAN GOGH

à

AUVERS-SUR-OISE

les derniers mois

L'EXPOSITION AU
MUSÉE D'ORSAY

DU 3 OCTOBRE 2023 AU 4 FÉVRIER 2024

오베르쉬르와즈의 반 고흐,
마지막 나날들

반 고흐가 생애의 마지막을 보낸 오베르쉬르와즈에서 그린 작품들을 선보이는 전시 《오베르쉬르와즈의 반 고흐, 마지막 나날들 Van Gogh à Auvers sur oise, les derniers mois》이 파리의 오르세 미술관에서 열렸습니다.

2024년 2월 4일까지 열리는 오르세 미술관의 가을, 겨울 전시지요. 반 고흐의 유명세에 걸맞게 전시장 앞에는 한숨이 나올 만큼 긴 줄이 늘어섰습니다. 하지만 결론부터 말하자면 몇 시간쯤은 기다릴 가치가 있었습니다. "올가을 파리에서 단 하나의 전시만 볼 수 있다면 단연코 오르세 미술관의 반 고흐 전시를 보아야 한다"고 했던 『르몽드』지의 호들갑이 과장이 아니었으니까요.

이 전시는 올해로 개관 50주년을 맞이한 암스테르담의 반 고흐 미술관과 오르세 미술관의 합작으로 성사되었습니다. 그래서 올여름 암스테르담의 반 고흐 미술관에서 먼저 공개되었지요.

사물들의 미술사 『액자』편을 쓸 때 반 고흐의 〈감자 먹는 사람들〉에서 보이지 않는 불빛에 대한 저의 의문을 풀어준 반 고흐 미술관의 반가운 얼굴, 루이스 판 틸보르흐 Louis Van Tilborgh 씨가 이

bon vivant

Exposition ce mois ci

147

전시의 책임 큐레이터를 맡았습니다. 반 고흐의 말년을 이해할 수 있도록 세밀하게 구성한 전시장을 보면서 친절하게 반 고흐의 자료들을 보여주던 그가 떠올랐습니다. 그가 입고 있던 낡은 스웨터까지도요.

두 미술관의 합작을 강조하기라도 하듯 전시장의 얼굴에 해당하는 입구에는 반 고흐의 〈자화상〉과 오르세 미술관이 소장한 〈의사 가셰의 초상〉 그리고 반 고흐 미술관이 소장한 〈피에타〉, 세 점이 관람객을 맞이했습니다. 오르세 미술관에는 반 고흐의 말기작인 〈오베르 성당〉을 비롯해 8점이 소장되어 있고, 반 고흐 미술관에는 오르세 미술관에서 볼 수 없는 7점의 말기작이 소장되어 있죠. 그 어느 미술관보다 고흐의 작품을 많이 소장하고 있는 것으로 알려진 두 미술관이지만 합쳐 봐야 15점밖에 되지 않습니다.

하지만 고흐는 1890년 5월 20일 오베르쉬르와즈에 정착한 이후 7월 27일에 자살할 때까지 약 70일 동안 74점의 그림을 그렸습니다. 하루에 한 점 넘게 그린 건가! 하고 놀랄 수도 있겠지만 고흐가 화가로 활동한 기간이 십여 년밖에 안 되는데도 데생과 크로키를 포함해 2천여 점이 넘는 작품을 남긴 것을 보면 그럴 만하다고 고개가 끄덕여질 거예요. 달리는 기관차처럼 폭주한 화가였던 거죠.

이 전시에서는 오베르쉬르와즈에서 제작된 74점 중 40여 점을 선보입니다. 오르세 미술관과 반 고흐 미술관 외에도 미국과

스위스의 미술관, 개인 소장품 등 전 세계에 흩어져 있는 고흐의 작품들을 한자리에 모으는 데만 4년이라는 시간이 걸렸습니다. 그의 그림이 세계에서 가장 비싼 그림으로 세 손가락안에 든다는 것을 감안하면 앞으로도 이런 전시를 다시 볼 기회는 없을 가능성이 큽니다.

개인적으로는 일본 제지 회사 사장이자 컬렉터인 사이토 료헤이가 소장하고 있다가 미국 컬렉터에게 넘어갔다는 또 다른 〈의사 가셰의 초상〉이 전시에 나오길 기대했습니다만 역시나 볼 수 없었습니다. 제가 세상을 떠날 때까지 또 다른 〈의사 가셰의 초상〉을 볼 수 있는 기회가 있을까요?

저에게 이 전시는 전시의 함량을 떠나서 개인적으로 큰 의미가 있었습니다. 오르세 미술관의 소장품인 〈오베르 성당〉과 〈두 여자 아이〉, 〈코르드빌의 초가집〉의 액자가 바뀌어 있었던 겁니다!!! 사실 아직까지도 고흐가 생전에 자기 그림의 액자를 일일이 지정했다는 것을 모르는 이들이 많습니다. 전시를 보면서도 액자에 관심을 가지는 이들은 극히 드물 테니까요. 어쩌면 이번 전시에서도 이 그림들의 액자가 바뀌었다는 사실을 눈치채지 못한 이들이 더 많을 거예요. 그래서인지 이토록 유명해졌는데도 고흐의 작품은 여전히 그가 싫어했던 요란한 금색 액자에 끼워져 있는 걸 자주 볼 수 있습니다.

제가 『액자』를 쓰면서 가장 안타까웠던 것은 고흐의 그림 중에서 아주 소수만이 고흐가 생전에 구상했던 액자, 테오에게 보내는 편지에서 그토록 열정적으로 묘사했던 액자에 끼워져 있다

bon vivant

Exposition ce mois ci.

『액자』 책에서 재현한
고흐의 〈자장가〉와 〈해바라기〉 그림의 트립틱
고흐의 편지를 참고해 가상의 액자를 쓰워주었어요

"고흐는 마치 〈자장가〉 양쪽에 '등불이 걸려 있는 것처럼' 〈해바라기〉를
걸고 싶어 했다. 처음에는 다소 모호했던 아이디어가 점점 머릿속에서 무
르익어 구체화된 듯 4개월 뒤에 쓴 편지에서는 아주 명확하게 '트립틱'이
라는 단어가 등장한다."

—사물들의 미술사 제1권 『액자』, 247쪽

는 사실이었습니다. 그 편지에서 액자 값을 계산해보고 풀이 죽었던 고흐, 액자의 색과 모양을 상상하기만 했던 고흐가 마음 아파서 제 책에서는 기꺼이 가상의 액자를 만들어 입혀주었습니다.

고흐가 구상했지만 현실에서는 실현 불가능했을 〈자장가〉와 〈해바라기〉 그림의 트립틱을 재현한 것은 정말 잘 한 일이었다고 자부합니다. 이렇게라도 저만의 방식으로 고흐를 행복하게 만들어 주고 싶었으니까요.

그런데 드디어 오르세 미술관에서도 고흐가 구상한 오리지널 액자들을 볼 수 있게 되다니. 세상을 떠난 고흐가 그 무엇보다 반가워할 소식이 아닐까요?

이 전시의 스타는 단연 고흐가 세상을 떠나기 한 달 전인 6월 20일부터 7월 27일, 즉 자살 당일까지 작업하고 있던 13점의 시리즈 작품 중 11점입니다. 가로 1미터, 세로 50센티미터라는 파노라마 와이드 화면에 그린 이 시리즈는 반 고흐가 세상을 떠난 이후에 그 누구도 한자리에서 보지 못한 작품들입니다.

『액자』에서 저는 "역경으로 가득 찬 그의 고단한 일생은 반 고흐 신화의 가장 중요하고 드라마틱한 부분이다"라고 썼습니다. 신화의 정점은 고흐의 정신병과 예기치 못한 자살이지요. 그 누구도 고흐가 앓았던 정신병이 무엇인지 정확하게 알지 못합니다. 조현병, 우울증, 매독, 메니에르 증후군… 게다가 마을 소년이 실수로 쏜 총에 맞아 죽은 것이라는 주장도 있을 만큼 그의 죽음은 여전히 미스터리로 남아 있습니다.

하지만 전시장에 걸려 있는 11점의 시리즈를 보면서 진정한 미

여러분!!
<오베르 성당>의 액자가
바뀌었어요!!!
이것이 바로 고흐가
편지 속에서 상상했던 오리지널 액자!!

스터리는 이 작품들이 아닐까 생각했습니다.

화가로서의 고흐가 오베르쉬르와즈에서 행복해했다는 데에는 반론의 여지가 없습니다. 뇌우가 몰려오기 시작하는 파란 하늘, 마음이 따스해지는 초가 지붕, 황홀한 황금빛으로 물든 하늘과 해 그늘 아래 테두리가 짙어지는 나무들, 분홍빛 석양으로 물든 오솔길, 고흐는 이 아름다운 장면에 공기와 바람을 불어넣었습니다.

움직이는 듯 생생한 화면은 고흐와 함께 서서 같은 장면을 바라보고 있는 것 같은 착각마저 들 정도입니다. 그 어디에도 불안정하고 미친 화가의 모습은 없습니다. 그림 속에서 만날 수 있는 것은 집요하고 성실하게 갈고 닦은 색채와 표현 방법으로 자신만의 세계를 그림으로 옮기는 데 성공한 예술가입니다. 그 누구도 흉내 낼 수 없는 붓 터치, 그가 아니면 누구도 칠하지 못하는 색채가 있습니다.

"여하튼 우리는 그림에 대해서밖에 이야기할 수 없겠지."

bon vivant

고흐가 생애 마지막 편지에서 남긴 문구입니다. 고흐의 마지막 편지는 두 가지 버전이 존재하는데요, 자살하기 사흘 전인 7월 23일 동생 테오에게 부친 편지와 사망 당시 몸에 지니고 있던 초본, 즉 부치지 못한 편지입니다.

이 초본에는 얼룩이 있는데 한때는 이 얼룩이 고흐의 핏자국이라는 으스스한 이야기가 돌기도 했죠. 이 두 편지는 같은 문구로 시작하지만 내용은 사뭇 다릅니다.

초본에서 고흐는 '두려움', '무용함' 같은 단어들을 어렵게 내

Exposition ce mois ci

고흐의 마지막 작품인 〈뿌리〉

이 그림을 그리며

내 인생이 뿌리째 흔들리고 있다고

동생에게 보내는 편지에서

가슴 아프게 읊조렸죠

뱉습니다. 담담한 필체지만 글로 명확하게 자신의 고통을 설명할 수 있는 상태가 아닌 것은 분명해 보입니다. 주어와 동사가 엉겨 잘 이해되지 않는 문장들 사이로 "반쯤 녹아버린 내 이성과 내 삶을 위험에 빠트린 나의 일"이라는 표현이 칼날처럼 번득입니다.

동생에게 걱정을 끼치지 않으려고 이를 악물고 참고 있지만 그럼에도 쓰지 않을 수 없었던 말들, 고흐가 감당하고 있는 고통이 글줄 사이를 뚫고 전해집니다.

끝내 고흐는 초본 대신 다른 편지를 동생에게 보냅니다. 그리고 권총으로 이 모든 괴로움을 끝내지요. 그럼에도 그의 말대로 "여하튼 우리는 그림에 대해서밖에 이야기할 수 없겠"죠.

이성이 반쯤 녹아버리는 동안에도 놓지 못했던 붓. 반 고흐라면 고통보다 그림을 그릴 때 그가 느낀 희열을, 생의 마지막 순간까지도 데생을 연습하던 그의 성실함과 기쁨을 기억해주기를 바랄 테니까요.

bon vivant

Exposition ce mois ci

ROTHKO

1903-1970

Je ne m'intéresse qu'à l'expression
des émotions humaines fondamentales...

I'm interested only in expressing
basic human emotions...

마크 로스코 회고전

일본 작가 미쓰이에 마사시의 『여름은 오래 그곳에 남아』라는 소설 속에는 마크 로스코^{Mark Rothko}의 이름이 등장하는 에피소드가 있습니다. 젊은 건축가인 주인공은 어느 날 고명한 건축가인 선생님의 애인, 후지사와 씨의 저택을 방문하게 됩니다. 개인 집의 스케일이라 할 수 없을 정도로 거대한 그 집의 계단실에는 아무리 보아도 마크 로스코의 작품인 듯한 추상화가 걸려 있습니다. 주인공은 '설마'라고 생각하면서도 감히 마크 로스코의 작품인지 물어보지 못합니다.

이 대목에서 저는 마크 로스코라는 이름 하나로 인물의 성품과 배경을 단번에 전달하는 작가의 능력에 감탄했습니다. 정신적이며 관조적인 로스코의 작품은 광활한 부지를 사들여 식물을 키우는 후지사와 씨, 홀로 지내면서도 나날의 삶을 쓸쓸해하지 않고 충만한 삶을 살고 있는 그녀를 단적으로 보여줍니다.

게다가 현관문의 놋쇠 손잡이부터 하얀 수건이 쌓인 선반과 단풍나무 원목 테이블에 이르기까지 무엇 하나 세심하게 신경 쓰지 않은 것이 없는 그녀의 저택과 마크 로스코의 그림이 너무나 잘 어울리는 것은 말할 필요도 없습니다. 또한 로스코의 작품을 집에 걸어두고 있다는 사실만으로도 능히 후지사와 씨의 재력을 짐작할 수 있습니다.

마크 로스코는 그런 작가입니다. 누구나 한 눈에 작품을 알아 볼 수 있을 만큼 아이코닉한 현대미술의 거장이며 동시에 그가 제1차 세계대전 이전인 1903년에 태어난, 그야말로 옛날 사람이 라는 사실에 깜짝 놀랄 만큼 여전히 지명도를 자랑하는 작가죠.

파리 루이비통 재단의 2023년 가을-겨울 전시는 마크 로스코 의 대규모 회고전입니다. 굳이 대규모라는 수식어를 붙인 이유는 1930년대에 그린 초기작부터 런던 데이트 모던의 로스코 룸을 통째로 옮겨 온 시그램 시리즈와 워싱턴 필립스 컬렉션의 로스코 룸에 소장된 작품 3점, 로스코의 생애 마지막을 상징하는 블랙 그 레이 시리즈까지 115점의 작품이 총출동했기 때문입니다.

전시는 회고전답게 시간의 흐름을 따라가며 로스코의 작품이 변모하는 과정을 충실하게 보여줍니다. 입구에서는 현대미술의 거 장이라기보다 MIT공대에서 강의하는 천재 물리학자이자 노벨상 수상자 같은 그의 거대한 흑백 사진이 관람객을 맞이합니다.

로스코는 예일 대학의 장학생으로 평생 수학부터 경제학, 생 물학, 철학, 언어학에 이르기까지 다방면에 관심을 가진 비상한 두뇌의 소유자였으니 실제로도 천재 교수의 이미지와 가까운 타 입이었습니다. 매우 지적인 사람이었죠.

입구를 지나면 마크 로스코 생애의 유일한 자화상과 뉴욕의 모습을 그린 초기작, 니체의 『비극의 탄생』에 몰두해 신화적인 영웅들을 그린 1930년대 작품들이 나타납니다. 익히 알고 있는 로스코의 작품과는 너무 달라서 어리둥절한 기분은 잠시입니다.

2번 방부터는 우리가 익히 알고 있는 마크 로스코다운 그림이 처음으로 등장한 1940년대가 펼쳐지니까요. 여기서부터 자코메티의 조각과 로스코의 블랙 그레이 시리즈가 전시되어 있는 마지막 공간인 11번 방까지, 끊임없이 이어지는 작품들은 마크 로스코라는 거대한 교향곡을 듣는 기분을 선사해줍니다. 잘 만들어진 회고전이 그러하듯 한 예술가와 함께 그의 생애 전체를 산책하는 즐거움을 아낌없이 누릴 수 있습니다.

마크 로스코의 그림은 참 기이합니다. 사실 그의 그림은 바탕색 위에 그려진 두 개나 세 개의 사각형이 전부입니다. 그림의 구성으로만 치자면 내가 그려도 되지 않을까 싶을 정도로 간단합니다. 사실 유치원생이라도 바탕색 위에 사각형 두 개 정도는 그릴 수 있을 테니까요.

그러나 신묘하게도 이 사각형들은 사각형이되 단순한 사각형이 아닙니다. 마치 스스로 살아 숨 쉬는 것처럼 다가오는 듯하다가도 조용히 멀어지고 진동하면서 관람객의 마음에 미세한 파동을 불러일으킵니다.

"내 그림을 제대로 경험한 이라면 눈물을 흘릴 것이다"라는 그의 말은 과장이 아닙니다.

대체 무슨 일이 있었기에 뉴욕 지하철의 풍경을 그렸던 화가

bon vivant

Exposition ce mois ci

컬러가 살아서
호흡하는 느낌 때문에
어디서든 단번에 눈에 띄는
로스코의 마법

가 이토록 경이로운 회화적 언어를 발명할 수 있었을까요? 왜 그의 컬러 사각형들은 이토록 특별할까요? 마크 로스코는 생전에 자신의 작업 과정을 공개한 적이 없습니다. 재료를 비롯해 테크닉까지 모든 것을 비밀에 붙였죠. 흠, 사실 저라도 그랬을 것 같긴 합니다.

그럼에도 불구하고 찬찬히 그의 그림들을 들여다보면 어떻게 이런 효과가 나왔는지 대략 짐작할 수 있습니다. 마크 로스코는 테레빈유를 엄청나게 섞어 유화 물감을 거의 액체 상태로 만든 뒤 캔버스 위에 문지르는 식으로 덧칠에 덧칠을 거듭했습니다. 이를테면 멀리서는 자주색으로 보이는 사각형을 가까이에서 보면 놀랍게도 자주색의 베일 아래 숨겨져 있는 밝은 파란색과 노란색이 보입니다. 거대한 색의 묘지처럼 바닥부터 표면까지 층층이 쌓인 컬러들은 마치 핵분열 반응처럼 서로 번지고 부딪히면서 파동을 만들어냅니다.

그리고 이 색의 파동은 캔버스 위에서 합쳐지고 쪼개지면서 종국에는 빛과 어둠이 됩니다. 말년작이 블랙과 그레이 시리즈인 이유가 여기에 있다고 생각해요. 모든 색은 심연을 닮은 블랙으로 환원되니까요. 블랙이 그림자라면 화이트는 빛이겠죠. 이런 측면에서 보자면 마크 로스코의 작품들은 과연 "I'm not interested in color. It's light I'm after(나는 색에 관심이 없다. 나는 빛을 좇고 있을 뿐이다)"라는 그의 말 그대로입니다. 게다가 그는 영리하게도 우리 눈이 사각형을 사각형이라고 인식하는 데 중요한 역할을 하는 모서리를 교묘하게 지워버렸습니다. 둥근 곡선을 이

멀리서도
눈에 확 들어올 만큼
컬러 블록이
진동하는 느낌이 전해지죠?

루며 퍼져 나가는 모서리 주변을 잘 보면 수많은 색상의 흔적이 보입니다. 색과 색의 경계선 부분을 부드럽게 처리하는 기법인 스푸마토, 레오나르도 다빈치를 유명하게 만들어준 르네상스식 기법이 마크 로스코의 작품을 설명하는 데 빠지지 않는 이유입니다. 그래서 그의 사각형들은 하늘을 떠다니는 구름처럼 바탕 위를 부유하는 듯 보입니다.

그러니까 단순해 보이지만 실은 굉장히 공을 들인 그림입니다. 타고난 색채 감각을 가진 사람이 머리를 쓰고 시간을 들이고 에너지를 쏟아부어야 그릴 수 있는 그림이라고나 할까요. 딱히 무언가를 보도록 강요하지 않는 그래서 무한히 열린 그림이지만 동시에 안쪽으로 단단하게 응축된 컬러들이 자기장처럼 작용하는 로스코의 작품들은 이렇게 태어났습니다.

그렇지만 테크닉만으로 그의 작품이 가진 힘을 모두 설명할 수는 없을 거라고 생각합니다. 로스코는 자신의 말대로 몇 평방미터의 사각형 안에 그 어떤 감정들을 "가두어두었습니다". 마치 음악을 듣고 감정이 북받쳐 올라 눈물을 흘릴 때처럼, 시를 읽고 마음에 떨림을 느낄 때처럼 그는 시각 예술인 그림이 정서와 감정의 본질을 건드리는 매체가 될 수 있기를 바랐죠.

그래서인지 마크 로스코의 작품에는 '본다'라는 말보다 '체험한다'는 단어가 어울립니다. 처음에는 그림을 보지만 나중에는 자신의 마음을 응시하면서 그 밑바닥에 깔려 있는 감정에 집중하게 되니까요.

Mon art n'est pas abstrait, il vit et respire.

My art is not abstract, it lives and breathes.

나의 예술은 추상이 아니라

살아 있고 숨 쉬는 것이다

미국의 추상표현주의 화가인 로버트 마더웰Robert Motherwell은 "마크 로스코의 진정한 위대함은 감정의 언어를 발명했다는 것이다"라고 말했죠.

과연 감정의 언어란 무엇일까요? 슬픔, 환희, 열망, 질투… 우리가 이름을 붙일 수 있는 감정과 감정 아래, 아주 오랜 시간 동안 뭉쳐지고 뭉쳐진 응어리가 수면으로 올라오는 순간이 있습니다. 저는 글을 쓰는 작가지만 그 순간은 말로는 다 표현할 수 없는 순간이라 생각합니다. 그때 우리는 목이 메고 눈물이 납니다. 이 눈물이야말로 감정의 언어입니다.

감정의 언어는 힘이 셉니다. 그런 순간을 겪는 사람을 만난다면 우리는 말없이 안아주며 등을 쓰다듬어주고 싶어지니까요. 나도 그 마음을 안다고, 나도 같은 순간을 지나왔다고 손이라도 따뜻하게 잡아주고 싶어집니다. 이런 마음에 걸맞은 단어는 알고 있습니다.

그것은 삶을 살게 하는 단어, 바로 '위로'라는 단어입니다.

MATISSE
L'ATELIER ROUGE

ELLSWORTH
KELLY
FORMES ET COULEURS. 1949-2015

LA COLLECTION
RENDEZVOUS AVEC LE SPORT

마티스, 붉은 아틀리에

《마티스, 붉은 아틀리에Matisse, L'Atelier rouge》전은 2024년 5월 4일 부터 9월 9일까지 진행되는 파리 루이비통 재단의 여름 전시입 니다. 작고한 지 십 년밖에 안 된 엘스워스 켈리의 회고전이 동시 에 열리고 있어서 처음에는 두 작가의 컬래버레이션 전시가 진행 되는 줄 알았습니다. 2022년 겨울, 뜨거운 화제를 모았던 '모네와 조앤 미첼' 전시처럼요.('모네-미첼' 전시가 궁금하신 분들은 제 인스 타그램의 하이라이트 리뷰를 참고해주세요.)

마티스의 수많은 작품 중에서 〈붉은 아틀리에〉를 딱 집어서 다루다니… 오로지 색으로만 화면을 채운 엘스워스 켈리의 작품 과 공통점을 찾으려는 건가라는 저의 추측은 완전히 제멋대로의 상상이었습니다. 두 전시는 엄연히 다른 독립적인 전시로 같은 기 간, 같은 장소에서 열린다는 것 외에는 공통점이 없습니다. 저같 이 착각하는 사람이 많아서인지 파리 루이비통 재단 대표 수잔 파제는 인터뷰에서 "엘스워스 켈리의 전시가 현대성을 다루는 반면 마티스 전시는 미술사적인 의미가 있다"라고 표명하기도 했 습니다.

《마티스, 붉은 아틀리에》전은 마티스의 작품 〈붉은 아틀리에〉를 소장하고 있는 뉴욕의 MoMA와 덴마크 내셔널 갤러리, 루이비통 재단의 합작으로 뉴욕과 코펜하겐을 거쳐 파리에 당도한 순회 전시입니다. 결론부터 말하자면 착각으로 시작되었지만, 이 전시는 제가 올해 파리에서 본 전시 중 가장 흥미로운 전시였습니다.

　《마티스, 붉은 아틀리에》전은 전시 작품이 다 합쳐야 50점도 되지 않는 작은 규모의 전시입니다. 마티스의 아카이브에서 비롯된 편지며 문서, 당시의 사진 자료 등을 제외하면 마티스의 작품은 고작 20점밖에 되지 않습니다. 전시라는 이름을 붙이기 어려울 정도죠? 그렇지만 이 전시는 규모가 아니라 흥미진진한 자료 추적과 연구의 깊이, 전시를 만들고자 하는 의지로 관객들을 감동시킵니다.

　우선 이 전시는 마티스의 그림 〈붉은 아틀리에〉를 소장하고 있는 MoMA의 책임 큐레이터 앤 템킨Ann Temkin의 공상에서 시작됩니다. 〈붉은 아틀리에〉는 파리 남서쪽의 교외 도시 이시레물리노Issy-les-Moulineaux에 있었던 마티스의 아틀리에 풍경을 그린 작품입니다.

　마티스는 생애 최초로 장만했던 이 아틀리에에 강한 애착을 갖고 있었습니다. 100제곱미터나 되는 너른 공간에 층고만 5미터, 천장과 북쪽 벽의 일부가 유리인 이 아틀리에를 손수 설계했을 뿐만 아니라 직접 공사를 진두지휘했죠. 이 모든 것은 혜성처럼 등장한 후원자이자 컬렉터인 세르게이 슈킨Sergei Shchukin 덕분이었습니다. 2016년 루이비통 재단의 메가 히트 전시였던 슈킨 컬렉션이 떠오르는 대목입니다.

〈붉은 아틀리에〉에는 총 11점의 작품이 묘사되어 있습니다. 그림 속의 그림이라고나 할까요. 화가의 아틀리에를 그린 작품이니 아틀리에 여기저기 놓여 있는 작품들이 등장하는 것은 자연스러운 일입니다. 재미있는 점은 이 그림에 묘사된 작품들이 미술사가들이 높이 평가하는 마티스의 대작과는 거리가 멀다는 것입니다. 마티스가 신혼 여행을 갔던 코르시카에서 그린 풍경화를 비롯해 〈붉은 아틀리에〉에 등장하는 작품들은 어떤 연유에서든 마티스가 애착을 가졌던 초기작들입니다. 그중에는 불태워 달라는 유언에 따라 세상에서 사라진 작품 〈그랑 뉘(위대한 누드)〉도 있습니다.

'〈붉은 아틀리에〉에 묘사된 11점의 작품을 한자리에 모으면 어떨까?' 2015년부터 진행된 복원, 연구 작업으로 〈붉은 아틀리에〉를 자주 마주했던 앤 템킨은 공상을 시작합니다. 하지만 그건 상상 속에서나 가능하지 실제로는 거의 불가능한 일이었습니다. 그래도 세계적인 미술관의 큐레이터라면 한 번쯤 꿈꿔볼 만한 일이었을 테죠. 마티스가 살아 있던 당시 그대로 그 모든 작품들이 한자리에 모인다면, 〈붉은 아틀리에〉를 실제로 재현볼 수 있다면…. 열히히 바란다면 온 우주가 움직여 소망을 들어준다는 말이 맞는 걸까요?

2018년 앤 템킨은 허황된 꿈인 듯했던 자신의 상상이 현실이 될지 모른다는 강력한 계시를 받게 됩니다. 덴마크 내셔널 갤러

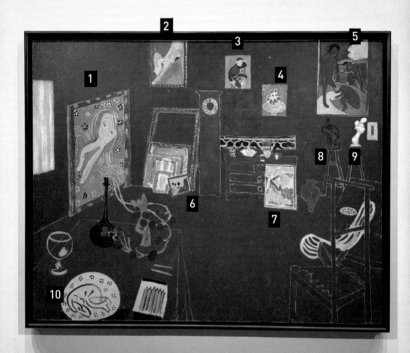

조각 세 점, 도자기 접시 한 점, 그림 아홉 점

이 전시는 마티스가 세상을 떠난 후 최초로 이 작품들을

한자리에 모은 전시입니다

1. 〈위대한 누드〉   2. 〈하얀 스카프를 두른 누드〉

3. 〈젊은 선원 II〉   4. 〈시클라멘〉   5. 〈르 릭스 II〉

6. 〈코르시카의 오래된 방앗간〉   7. 〈목욕하는 이들〉

10. 〈여성 누드〉 접시

리가 〈붉은 아틀리에〉에 묘사된 작품 중 하나이자 널리 알려지지 않은 마티스의 작품인 〈목욕하는 이들〉을 기증받게 되었다는 소식이 들려온 거죠. 이로써 덴마크 내셔널 갤러리는 이미 전시 중이던 〈하얀 스카프를 두른 누드〉와 〈르 뤽스 II〉를 포함해, 〈붉은 아틀리에〉에 묘사된 11점 중 무려 세 점의 그림을 소장하게 되었습니다. 이런 우연을 뭐라고 해야 할까요?

마티스 같은 대가의 전시를 담당한 큐레이터는 전 세계에 흩어진 작품의 소장처를 특정하는 데만 오랜 시간을 보냅니다. 특히 개인 컬렉터가 소장하고 있는 작품들은 소장처를 알아내기도 어렵지만 전시를 위해 대여하려면 돈과 시간, 에너지는 물론 정치력과 인맥, 명성을 총동원해야 합니다. 이런 사정을 감안한다면 이 기증 소식에 앤 템킨이 얼마나 흥분했을지 짐작이 가시죠?

더불어 이 전시에는 마티스의 〈붉은 아틀리에〉에 등장한 그림 중 지난 50년 동안 일반에게 공개되지 않았던 개인 소장 작품인 〈시클라멘〉도 등장합니다. 〈붉은 아틀리에〉를 중심으로 11점의 작품들이 한자리에 모인 것은 1917년 마티스가 이시레물리노의 아틀리에를 떠난 후 처음 있는 일입니다.

마티스의 〈붉은 아틀리에〉는 상당히 특이한 작품입니다. 이 작품은 일단 전면을 뒤덮은 빨간색으로 시선을 끕니다. 격조 있는 이 빨간색의 이름은 베네치안 레드, 베네치아 내륙에서 가까운 베로나 지방의 흙에서 추출한 염료입니다.

오랫동안 미술사들은 마티스가 왜 이 그림을 그렸는지 추측해보려고 애썼습니다. 그도 그럴 것이 전면으로 보이는 베네치안 레드 아래에는 이미 완성작이던 또 다른 그림이 숨어 있으니까요. 마티스는 아틀리에를 묘사한 또 다른 작품인 〈로즈 아틀리에〉처럼 총천연색으로 아틀리에를 그렸습니다. 벽은 파란색 바탕에 초록 줄무늬, 바닥은 분홍, 가구는 오커인 그야말로 이 시기의 마티스다운 그림이었죠. 그렇게 이 그림은 완성되는 듯했습니다. 하지만 몇 주간 이 그림을 아틀리에에 놓고 바라보던 마티스는 불현듯 붓을 들고 전체를 베네치안 레드로 칠합니다!

MoMA의 연구진에 따르면 얼마나 격정적으로 칠했던지 이 그림에는 유독 붓에서 빠진 잔털들이 많이 달라붙어 있다고 해요. 그 와중에도 마티스는 원작을 상상해볼 수 있도록 많은 힌트를 남겼습니다. 마치 표면을 긁어 아래에 칠한 색이 드러나게 하려는 듯 테두리를 남겨둔 거죠. 이 사실을 알고 작품을 보면 정말로 구석구석 수많은 색깔들이 고개를 내밉니다.

"첫눈에 이 작품은 좀 놀라울 수 있습니다. 완전히 새로운 것이니까…. 이 그림이 내 아틀리에를 그린 그림이라는 것을 말씀드렸던가요?"

마티스는 후원자인 슈킨에게 편지를 씁니다. 그러나 웬일인지 다른 그림들을 선뜻 구매했던 슈킨이 유독 이 그림만은 거부했습니다. 화가 자신도 설명하지 못할 이유로 붉은색이 된 그림이라서일까요? 하지만 바로 그러한 이유 때문에 〈붉은 아틀리에〉는 마티스라는 화가를 가장 잘 투영하고 있는 그림일지도 모릅니다.

〈붉은 아틀리에〉를 보는 누구나 완성작을 붉은색으로 덮어버

리는 격정적인 과감함, '뭐 아무려면 어때'라는 자유로운 패기를 느낄 수 있습니다. 계산하지 않는 순수한 즐거움과 몰두의 힘이 모두를 향해 발산됩니다. 우리가 마티스를 사랑하는 것은 이런 이유 때문이 아닐까요. 화가 스스로도 설명할 수 없는 그의 에너지, 시간을 뛰어넘어 색과 선으로 우리에게 다가오는 그의 에너지 말이죠.

issue 01

초판 1쇄 발행 2024년 9월 4일

지은이 　　이지은

펴낸이 　　김철식

펴낸곳 　　모요사

출판등록 　2009년 3월 11일

　　　　　(제410-2008-000077호)

주소 　　　10209 경기도 고양시 일산서구

　　　　　가좌3로 45, 203동 1801호

전화 　　　031 915 6777

팩스 　　　031 5171 3011

이메일 　　mojosa7@gmail.com

ISBN 　　978-89-97066-97-1 04810

　　　　　978-89-97066-96-4 (set)